AF397064

NOTICE SOMMAIRE

DES

MONUMENTS ÉGYPTIENS

EXPOSÉS DANS LES GALERIES

DU MUSÉE DU LOUVRE

PAR

LE VICOMTE EMMANUEL DE ROUGÉ

MEMBRE DE L'INSTITUT

CONSERVATEUR HONORAIRE DES MONUMENTS ÉGYPTIENS AU MUSÉE DU LOUVRE

PARIS

IMPRIMERIE SIMON RAÇON ET COMP., RUE D'ERFURTH, 1

1855

AVANT-PROPOS.

Un musée égyptien n'était, au commencement de notre siècle, qu'une collection d'objets antiques dont la signification, l'âge et souvent la véritable origine restaient également inconnus. S'il n'en est plus de même aujourd'hui, si nous pouvons expliquer la destination de chaque monument et définir son âge historique, si nous savons nommer les souverains qui ont construit ou réparé les temples d'Égypte, et reconnaître leurs figures dans les statues de nos musées, si la religion de Thèbes et de Memphis a laissé pénétrer ses principaux mystères, c'est à Champollion que revient la gloire d'avoir créé ces nouvelles lumières. Les travaux de notre illustre compatriote ont fondé toute une science nouvelle. Avant qu'on eût déchiffré les textes égyptiens, on ne connaissait, de l'histoire des Pharaons, que quelques traditions recueillies par les auteurs grecs et reproduits dans des récits incomplets et souvent contradictoires. Des listes de rois, peu concordantes entre elles et d'une authenticité douteuse, donnaient seules quelques idées sur la succession des temps et sur les grandes révolutions qu'avait subies la vallée du Nil. Aussi les premiers chronologistes chrétiens n'avaient-ils pas pu établir une concordance satisfaisante entre l'histoire hébraïque et l'histoire égyptienne pour les événements rapportés dans la Bible, même jusqu'à l'époque de Salomon. Au delà, tout était incertitude. Si les voyageurs continuaient d'âge en âge à venir admirer les ruines de Thèbes, ils n'y trouvaient plus, comme au temps des Romains, le prêtre qui pouvait leur expliquer les scènes sculptées sur les vieux pylônes; l'époque historique des monuments, le nom des rois vainqueurs et celui des nations vaincues, tout était retombé dans un oubli qu'on croyait éternel.

Même après la grande publication de la commission d'Égypte, on n'avait pas remarqué, sur les monuments des époques les plus distantes, des différences assez sensibles pour qu'on pût croire à la possibilité d'une histoire de l'art égyptien, et l'on avait cru trouver des indices de la plus extrême antiquité sur les temples que nous reconnaissons aujourd'hui pour les œuvres des Ptolémées et des Césars.

La confusion était à peu près aussi complète en ce qui concerne la mythologie des Égyptiens : défigurée, chez les auteurs grecs, par des assimilations arbitraires avec les divinités helléniques; étouffée, chez les gnostiques, sous les superstitions empruntées à divers peuples d'Asie; interprétée d'une manière suspecte tant par les premiers apologistes chrétiens que par les philosophes néoplatoniciens, la religion de la vallée du Nil restait aussi peu connue dans ses détails que dans ses croyances fondamentales.

Nous sommes heureusement sortis de cette complète ignorance à la suite de Champollion; mais, pour jouir pleinement des résultats que nous devons au déchiffrement des hiéroglyphes, il faudrait se livrer à des études longues et difficiles que peu d'hommes instruits ont le temps ou la volonté d'entreprendre. Un esprit raisonnable sera néanmoins entraîné à nous accorder la confiance nécessaire, en remarquant que tous les pays civilisés comptent aujourd'hui, parmi l'élite de leurs savants, des hommes qui consacrent leurs veilles à cette étude si féconde.

Il sera peut-être utile, pour augmenter la confiance que nous demandons aux lecteurs, d'exposer brièvement à l'aide de quels moyens le déchiffrement des textes égyptiens a été entrepris et se poursuit aujourd'hui avec tant de succès dans tous les centres scientifiques de l'Europe.

Le premier espoir du déchiffrement des hiéroglyphes fut donné par une inscription trouvée à Rosette et conçue en trois sortes d'écriture. La partie grecque faisait savoir que le même texte devait y être reproduit d'une part en langue grecque, et, de l'autre, dans l'écriture sacrée et dans l'écriture vulgaire de l'Égypte. Young, le premier, entreprit de décomposer en lettres le nom du roi Ptolémée. Le groupe où l'on croyait le reconnaître était désigné à l'attention par une sorte de nœud ou d'enroulement elliptique que nous nommons *cartouche*, où se trouvaient renfermés les signes servant à écrire le nom. Mais, quoique Young eût rencontré juste quant au nom lui-même et quant à la valeur de certaines lettres, cet essai resta stérile entre ses mains, parce qu'il ne sut pas, dans son déchiffrement, démêler les vrais principes de l'écriture égyptienne. Champollion, reprenant cette idée, et comparant le nom de Ptolémée à celui de Cléopâtre, trouvé sur un autre monument bilingue, réussit à assurer la valeur d'un certain nombre de lettres. A l'aide de cette première découverte, il eut bientôt déchiffré beaucoup d'autres noms grecs et romains, écrits en hiéroglyphes sur les monuments. Un second pas lui livra quelques mots égyptiens écrits avec ces mêmes lettres, et il put, du même coup, constater plusieurs principes très-féconds : 1° Il y avait des lettres simples ou un alphabet hiéroglyphique; 2° ces lettres ne servaient pas seulement à écrire des noms propres étrangers, mais aussi des mots égyptiens; 3° ces mots, dont le sens était connu par le texte grec, s'expliquaient très-bien par la langue copte, langue usuelle des premiers chrétiens d'Égypte.

Ces premières conquêtes portaient exclusivement sur les caractères égyptiens *alphabétiques;* mais les anciens attestaient unanimement que les Égyptiens avaient possédé des caractères symboliques, c'est-à-dire des signes qui valaient à eux seuls un mot, une idée entière. On connaissait même, par divers auteurs, l'explication de plusieurs de ces signes. Champollion retrouva et expliqua, par le texte grec de Rosette, un grand nombre de ces caractères symboliques. Il entrait dès lors dans l'intelligence des lois savantes et harmonieuses qui enchaînaient, chez les Égyptiens, l'usage simultané de ces deux sortes de caractères pour former un corps complet d'écriture. Ses idées, exposées de plus en plus clairement dans ses publications successives, furent enfin réduites en un code très-complet dans sa grammaire hiéroglyphique. Il ne put mettre la dernière main à cet ouvrage, qui ne parut qu'après sa mort. La tâche de ses successeurs fut encore immense : il fallait donner aux lois de l'écriture hiéroglyphique plus de précision, aux valeurs proposées une démonstration plus rigoureuse; il fallait poursuivre l'œuvre à peine ébauchée du dictionnaire; il était nécessaire de comparer l'ancienne forme de la langue, constatée par le déchiffrement, avec les divers dialectes du copte, et de reconnaître les lois qui avaient présidé à la dégénérescence du langage antique. L'écriture vulgaire n'avait encore laissé pénétrer qu'empiriquement la valeur de quelques-uns de ses groupes; sauf une partie de l'alphabet, là tout était encore inconnu. Il fallait enfin, à l'aide de cette nouvelle clef, étudier l'ensemble des monuments égyptiens, bibliothèque de pierres et de papyrus aux myriades de volumes; car Champollion n'avait pu qu'esquisser les premières notions de l'histoire et de la mythologie que ses lectures nouvelles venaient de lui révéler.

Chaque partie de cette immense étude a été l'objet de grands travaux, et l'école de Champollion voit chaque année paraître quelque savant mémoire ou quelque belle publication de planches, où les inscriptions sont sauvées à jamais de la destruction qui les menace sur le sol égyptien. Après les recueils de la commission d'Égypte, de Champollion et de Rosellini, les belles planches publiées par M. Lepsius, et que nous devons à la munificence éclairée du roi de Prusse, ont offert une telle quantité de monuments inédits, qu'il semble, en les étudiant, que la vallée du Nil n'ait encore été parcourue par aucun dessinateur.

Tous ces efforts ont porté leurs fruits : on peut aujourd'hui expliquer les trois quarts des plus longues inscriptions, quelquefois plus, quelquefois moins, suivant la difficulté du sujet.

Il est nécessaire d'expliquer ici les différences qui existent entre les trois systèmes d'écriture qui furent usités en Égypte. La première espèce était composée de figures d'animaux ou d'autres objets dessinés ou gravés. C'était spécialement l'écriture monumentale; on l'appelle l'*écriture hiéroglyphique*. Lorsqu'on s'en servait pour écrire les volumes de papyrus, on la disposait généralement en colonnes, et les formes des objets, devenues très-cursives, s'altéraient sensiblement.

Une plus grande abréviation des mêmes signes, appropriée à l'usage rapide du calame, se nomme l'*écriture hiératique;* elle est disposée ordinairement en lignes horizontales, et se lit de droite à gauche, comme les écritures dites sémitiques. Son intelligence présente donc une première difficulté de plus, à savoir de reconnaître chacun des signes hiéroglyphiques ainsi abrégés. On s'est servi de cette écriture, depuis des temps extrêmement reculés, pour écrire les livres sur le papier indestructible que donnait l'écorce du papyrus.

La troisième écriture, celle que les Grecs ont appelée *démotique* ou vulgaire, est une dernière simplification et une altération de l'écriture hiératique. On la trouve usitée pour les usages civils depuis le septième siècle avant notre ère; elle servait à écrire les textes rédigés dans la langue vulgaire, laquelle s'éloignait dès lors considérablement de la langue antique, dont les prêtres conservaient l'usage pour les textes sacrés. L'écriture démotique est aussi devenue accessible dans son ensemble, surtout depuis les derniers travaux du docteur Brugsch, de Berlin, qui a rédigé la grammaire de la langue et de l'écriture vulgaire des Égyptiens.

J'ai dit que l'on comprenait plus ou moins complétement les textes égyptiens, suivant la difficulté du sujet; il est facile de se rendre compte de difficultés toutes particulières qu'offrira, par exemple, un texte mythologique, souvent mystérieux à dessein. Les métaphores hardies des hymnes ou des récits poétiques seront moins facilement saisies qu'une généalogie ou un simple récit. Il y a, en effet, dans les textes égyptiens qui nous sont parvenus, des matières de toute espèce, outre les légendes et les grandes inscriptions, dont nous donnerons une idée dans cette notice en expliquant les monuments.

La plupart des manuscrits égyptiens que l'on a retrouvés ne contiennent que des textes funéraires. Ce sont des extraits plus ou moins longs du livre des morts dont nous exposerons le sujet à la salle funéraire; mais on a aussi rencontré quelques manuscrits d'un autre ordre. Une sorte de petite bibliothèque, trouvée à Thèbes, nous a donné des fragments de toute espèce écrits vers l'époque de Moïse. Plusieurs de ces fragments sont datés, ce qui nous permet d'affirmer qu'ils appartiennent à la littérature qu'a dû étudier dans sa jeunesse le grand législateur des Hébreux. Livres de morale et de médecine, textes mythologiques et calendriers, récits et poëmes historiques, on y a reconnu des fragments de toute espèce. J'ai même eu le plaisir d'y rencontrer une sorte de légende merveilleuse, analogue à certains récits orientaux, mais empreinte d'une couleur tout égyptienne, et qui n'est pas sans analogie avec l'histoire du patriarche Joseph (1).

RÉSUMÉ DE L'HISTOIRE D'EGYPTE.

Les annales égyptiennes commençaient, comme celles des autres peuples, par des légendes se rapportant à des dieux, des demi-dieux et des héros fabuleux. Ménès était

[1] Cette légende a été publiée dans l'*Athenæum français* en 1852.

indiqué comme le premier des rois humains qui eût réuni sous un même sceptre toute la monarchie égyptienne. Les monuments confirment cette tradition; il y est cité à la tête des rois historiques, et nous connaissons quelques traces d'un culte commémoratif qui lui fut rendu à Memphis. L'histoire lui attribuait la construction de la grande digue qui détourna le cours du Nil pour obtenir l'emplacement de cette capitale de la basse Égypte. Il n'y a donc aucune raison de douter de la réalité de ce fait, quoique nous ne connaissions aucun monument contemporain de ce roi. Manéthon, l'historien national, a divisé la série des rois successeurs de Ménès, en dynasties, et nous nous servirons de ce terme pour classer les faits dans la série des âges; le vague même que laisse dans l'esprit l'expression de dynastie convient à merveille à l'incertitude absolue dans laquelle nous laissent les divers systèmes, quant à la chronologie de ces premières époques. Nous ne savons rien de précis sur les deux premières dynasties; le premier monument auquel nous puissions assigner un rang certain se place vers la fin de la troisième : c'est un bas-relief sculpté à Ouadi-Magara; il représente le roi *Snéfrou* faisant la conquête de la presqu'île du Sinaï. Ce roi, souvent cité depuis, fonda, le premier, un établissement égyptien pour exploiter les mines de cuivre de cette localité.

Ses successeurs furent célèbres dans le monde antique; Hérodote a conservé leur mémoire : ce sont les auteurs des pyramides de Gizeh. C'est au groupe de la quatrième dynastie qu'appartiennent les rois *Choufou* (Chéops), *Schafra* (Chephren) et *Menkérès* (Mycérinus). Ainsi, dès la quatrième dynastie, les rois d'Égypte avaient la puissance et la richesse nécessaires pour se livrer à ces colossales entreprises dont la grandeur n'a jamais été surpassée. Ces rois possédaient probablement la Thébaïde en même temps que la basse Égypte. Ce qui est certain, c'est qu'ils sont cités sur les monuments de Thèbes parmi les ancêtres royaux des souverains thébains. Les bas-reliefs sculptés à Ouadi-Magara sont les seuls de cette époque qui nous rappellent des expéditions militaires; mais les temples et les palais sont écroulés; les tombeaux seuls ont survécu.

Ces mêmes tombeaux nous conduisent, à travers une période où l'empire paraît avoir été divisé, vers une seconde époque de force et de grandeur. Le personnage le plus remarquable des successeurs de Menkérès semble avoir été le roi *Pépi-méri-ra*. Il régnait sur la haute Égypte et sur l'Égypte moyenne; il était également maître des établissements égyptiens du Sinaï. Peut-être même réunissait-il tout l'empire sous son sceptre; les monuments de son règne sont assez nombreux, et l'on conjecture avec vraisemblance qu'il est le même que le roi *Phiops*, placé par Manéthon dans la sixième dynastie, avec un règne de près de cent ans.

La première dynastie *thébaine* est la onzième dans l'ordre de Manéthon; il paraît certain qu'elle se composa de souverains partiels : le nom dominant dans cette famille se lit Antew. On a retrouvé à Thèbes le tombeau de ces princes, et notre musée possède deux cercueils qui en proviennent.

La seconde époque de grandeur pour la monarchie égyptienne, réunie alors sous un seul sceptre, commença avec la douzième dynastie.

Manéthon nomme le premier roi Aménémès (*Amenemha* des monuments). Ici les inscriptions plus nombreuses permettent déjà d'apprécier plus complétement l'état de l'Égypte sous cette puissante famille. Au nord, ses rois possédaient la presqu'île du Sinaï, et ils se vantent de leurs continuelles victoires sur les peuples lybiens. Au midi, la douzième dynastie étendit au loin sa domination. Sésourtasen Ier avait placé sa frontière jusqu'à Ibsamboul; ses successeurs la reculèrent jusqu'à Semnéh et assurèrent à l'Égypte la possession de toute la Nubie. La vallée du Nil se couvrit de temples; la province du Fayoum vit s'élever le Labyrinthe, autre merveille du monde antique, et de nouvelles pyramides continuèrent la rangée majestueuse des tombes royales sur la limite du désert.

Les peintures des tombeaux font voir que les Égyptiens connaissaient dès lors les diverses variétés de la race humaine, et que le commerce ou la guerre les avait déjà mis en rapport avec les nations asiatiques.

La fin de cette dynastie, où nous trouvons une reine nommée *Seveknofréou*, semble avoir amené des divisions. Quelques savants pensent que, dès le commencement de la treizième dynastie, arrivèrent les invasions des peuples nomades de l'Asie, que l'histoire nous désigne sous le nom de pasteurs. Il faut néanmoins remarquer que les rois nommés *Sevekhotep* et *Nofrehotep*, qui appartiennent à cette dynastie, étaient encore de puissants princes. Nous avons une grande statue de granit rose représentant Sevekhotep III, qui fut trouvée, dit-on, dans la basse Égypte. Un de ses successeurs faisait élever d'immenses colosses dans l'île d'Argo, au fond de l'Éthiopie. Tous ces travaux semblent indiquer encore une souveraineté paisible. On possède une très-longue liste des rois qui suivirent les *Sevekhotep;* ils constituent les quatorzième, quinzième, seizième et dix-septième dynasties, sous lesquelles Manéthon place l'invasion des pasteurs.

Ce grand désastre et la longue oppression qui en fut la suite sont attestés par tous les souvenirs historiques. L'interruption violente de la série monumentale en est aussi la preuve la plus directe.

Tous les temples furent renversés, car il y eut une guerre religieuse, indépendamment de la soif du pillage qui préside à toutes les incursions des peuples nomades. L'emplacement des temples antiques se reconnaît par les arrasements et les anciennes fondations, sur lesquels on reconstruisit les nouveaux sanctuaires, après la restauration de l'empire égyptien par la dix-huitième dynastie.

Rien n'est concordant dans les récits divers que les auteurs nous ont transmis de cette époque de servitude, et naturellement les monuments y font défaut. Nous ne pouvons donc pas savoir au juste s'il faut placer l'invasion, comme semble l'indiquer Manéthon, à la quinzième dynastie; mais il est certain qu'elle finit sous Amosis, avec la dix-septième. Un récit égyptien, conservé dans un papyrus, nous montre quel était l'état du pays vers la fin de cette période. Un roi ennemi, nommé *Apapi*, régnait dans Avaris, place forte du Delta. Il exigeait le tribut de toute de l'Égypte; il était ennemi de la religion du pays. Ses exactions ayant amené une guerre qui fut longue et sanglante, le prince de la Thébaïde finit par réunir les autres princes d'Égypte et obtint des succès contre les pasteurs; mais la gloire d'expulser ces étrangers fut réservée à son successeur, Amosis.

Ici les textes égyptiens viennent encore au secours des historiens, peu d'accord entre eux sur l'époque du fait. Une inscription contemporaine montre qu'Amosis, après plusieurs batailles, s'empara d'Avaris et se débarrassa définitivement des pasteurs. Il put aussitôt tourner ses armes contre les Nubiens révoltés. A la fin de son règne, nous le voyons occupé à rouvrir paisiblement les carrières de Tourah pour en extraire les blocs destinés à relever partout les temples des dieux.

A partir de ce moment, décisif pour la puissance de l'Égypte, commence la série des triomphes qui rendirent ce pays l'arbitre du monde pendant plusieurs siècles. Aménophis Ier affermit les conquêtes faites sur les frontières au nord et au midi. Toutmès Ier conduit ses armées en Asie, et porte le premier le cimeterre royal jusqu'en Mésopotamie. Sa fille, pendant une longue régence, semble s'être spécialement préoccupée d'embellir les temples; mais à peine Toutmès III, son frère, eut-il ressaisi la plénitude de l'autorité royale, qu'il entreprit une série d'expéditions dont le récit couvre les murailles de Karnak. Il recevait les tributs des peuples de l'Asie centrale, et nous voyons figurer parmi ses vassaux Babel, Ninive et Sennaar, au milieu de peuples plus importants alors, mais dont les noms se sont obscurcis dans la suite des temps. L'Égypte soutient toute sa grandeur jusqu'au règne d'Aménophis III, qui fut aussi un prince guerrier ; c'est celui que les Grecs nommèrent Memnon et dont le colosse brisé résonnait, dans la plaine de Thèbes, au lever du soleil. La fin de la dix-huitième dynastie fut troublée par des usurpations et par une révolution religieuse. Aménophis IV ne voulut pas souffrir d'autre culte que celui du Soleil, représenté sous la forme d'un disque rayonnant. Des mains, sortant de chaque rayon, apportaient aux dévots mortels le signe de la vie. Ce roi fit effacer le nom du dieu Amon sur les monuments, et nous devons à son fanatisme une quantité de mutilations les plus regrettables.

Ces révolutions intérieures avaient porté leurs fruits

ordinaires, l'empire de l'Asie avait échappé à des mains débiles et à un peuple divisé, lorsque la dix-neuvième dynastie amena sur le trône deux grands hommes qui restaurèrent le pouvoir et étendirent encore les conquêtes de l'Égypte. Séti Ier (que Manéthon nomme Séthos) trouva la révolte arrivée jusqu'aux portes de l'Égypte ; il soumit de nouveau l'Asie centrale, qu'avait dominée les Toutmès et les Aménophis. Les grands travaux qu'il fit exécuter à Thèbes prouvent que ses expéditions lui avaient assuré pour quelque temps une domination tranquille.

Le fils et successeur de Séti Ier est le plus grand conquérant des temps antiques, celui que les prêtres nommaient *Ramsès*, au témoignage de Tacite, lorsqu'ils montraient ses exploits sculptés sur les murs de Thèbes. Hérodote le nomme *Sésostris*, et Diodore *Sésoosis*, d'après un nom populaire [1]. Son nom propre, sur les monuments, se lit *Ramsès-Meïamoun*, c'est exactement la forme conservée par Josèphe. Quelque exagération que l'on puisse supposer dans les récits officiels de ses exploits, Ramsès-Meïamoun paraît avoir été réellement un grand homme de guerre. Sa première campagne le conduisit en Éthiopie; dans les inscriptions qui la mentionnent, on donne déjà des éloges les plus outrés à la bravoure du jeune monarque. Les peuples de l'Asie centrale s'étant révoltés, Ramsès courut, dans la cinquième année de son règne, au-devant de la confédération des rebelles. Le prince des Chétas, qui en avait le commandement, ayant trompé par de faux rapports les généraux de Ramsès, le roi se trouva un instant séparé de son armée et ne dut son salut qu'à des prodiges de valeur. Cet exploit fut le sujet d'un poëme qui devait jouir

[1] Les monuments nous apprennent que les Égyptiens lui donnaient quelquefois le nom populaire de *Sesou*.

d'une grande vogue, puisqu'il eut l'honneur d'être gravé en entier sur une des murailles du temple de Karnak ; un des papyrus de la collection Sallier nous a conservé une partie de ce poëme : la composition en est souvent remarquable, comme pensée et comme expression poétique. Ramsès triompha de la révolte, et d'autres expéditions étendirent encore ses conquêtes. On manque malheureusement de points de comparaison pour identifier d'une manière précise la plupart des places conquises par les Égyptiens dans ces temps si reculés. Déconcertés par leurs défaites successives, les chefs des Chétas vinrent enfin demander la paix. Dans la vingt et unième année de son règne, Ramsès leur accorda des conditions honorables dont l'exécution fut mise sous la garantie des divinités des deux nations. L'acte en fut gravé sur une muraille de Thèbes qui nous en a conservé des fragments importants. Il est à croire qu'une tranquillité durable suivit ces longues guerres, car Ramsès-Meïamoun put, pendant un règne de soixante-huit ans, couvrir l'Égypte de ses monuments. Il employa pour les construire les nombreux esclaves qu'il avait ramenés de ses conquêtes, et ce fait nous conduit naturellement à dire quelques mots de Moïse et du séjour des Hébreux en Égypte.

La chronologie présente trop d'incertitudes, tant dans l'histoire égyptienne que dans la Bible, et spécialement quand il s'agit de mesurer la période des Juges, pour que l'on puisse, *à priori* et par un simple rapprochement de dates, définir sous quel roi eut lieu la sortie d'Égypte. La difficulté est encore plus grande quand il s'agit du patriarche Joseph, puisque la longueur du temps de la servitude en Égypte est elle-même l'objet de nombreuses controverses. Moïse ne se sert jamais que du mot générique *Pharaon*, qui veut dire *le roi*. Mais en recueillant soigneusement les particularités éparses dans le récit, on y trouve d'abord un roi qui forçait ses esclaves à bâtir la ville de Ramsès dans la basse Égypte. Ensuite, lorsqu'on veut calculer le temps que Moïse dut passer chez Jéthro pour fuir la colère du roi, si l'on réfléchit que Moïse tua l'Égyptien dès qu'il fut parvenu à la virilité et que le livre saint lui donne quatre-vingts ans à l'époque de la sortie d'Égypte, on voit que le règne indiqué fut excessivement long. La Bible dit, en effet : « Après un long temps le roi mourut. » Un seul Ramsès convient à toutes ces circonstances, c'est Ramsès II, qui régna soixante-huit ans et qui fit en effet construire dans la basse Égypte une ville à laquelle il donna son nom. Moïse revint d'Arabie aussitôt qu'il apprit la mort du souverain qu'il avait irrité. Le récit des plaies d'Égypte et de la terrible catastrophe qui accompagna la sortie des Israélites ne paraît compatible qu'avec un petit nombre d'années. Ménéphthah, fils de Ramsès II, est sans doute le Pharaon de la mer Rouge; mais le récit de Moïse autorise à penser que le roi ne fut pas personnellement victime de ce désastre. Il paraît, en effet, avoir régné dix-neuf ans, et il ne semble pas qu'il se soit écoulé un temps aussi long entre le retour de Moïse et le passage de la mer Rouge. On n'a pas retrouvé, sur les monuments, la trace de ces premières relations des Israélites avec l'Égypte, et il serait bien extraordinaire qu'ils eussent enregistré ce désastre ailleurs que dans les annales; les sculptures des temples ne rappellent jamais que des victoires.

La puissance des Égyptiens et leur domination en Asie se soutint, malgré une succession de révoltes, pendant cette dynastie et pendant une partie de la vingtième, qui se compose exclusivement de rois nommés Ramsès comme leur aïeul. Ramsès III paraît aussi avoir fait de grandes conquêtes en Asie, et ses monuments présentent la circonstance remarquable d'une bataille navale. Les expéditions, pacifiques ou belliqueuses, qui s'étaient multipliées, avaient amené des rapports intimes entre les Égyptiens et les nations asiatiques. Les uns faisaient des voyages en Mésopotamie; c'étaient des officiers envoyés par le prince pour gouverner les provinces, surveiller les stations établies et commander les garnisons mises dans les places fortes. Les autres venaient jusqu'en Égypte, soit pour faire le commerce, soit pour consulter les médecins égyptiens, dont le savoir était déjà renommé, probablement les magiciens qui luttèrent avec Moïse. Un monument trouvé à Thèbes nous montre un prince de la Mésopotamie qui envoie solennellement chercher un dieu thébain pour venir au secours de sa fille, possédée d'un esprit malin. Le roi d'Égypte avait épousé la sœur de cette princesse. Ramsès-Meïamoun, le grand conquérant, avait lui-même épousé la fille du prince des Chétas, son plus vaillant ennemi.

A la suite de ces alliances, quelques divinités asiatiques avaient été admises dans le Panthéon, et la Vénus des bords de l'Euphrate eut, à Thèbes, un temple et des prêtres qui l'invoquaient sous les noms d'*Atesch* et d'*Anata*. Cette domination de plus de cinq siècles que l'Égypte exerça sur l'Asie centrale est un fait historique des plus importants; c'est de là que dérivent une foule de rapports entre les populations de l'Égypte, de l'Assyrie et de la Phénicie.

Vers la fin de la vingtième dynastie, les grands prêtres d'Amon s'emparèrent petit à petit de l'autorité et finirent par succéder à la famille des Ramsès. Moins belliqueux peut-être, ils ne surent pas conserver la suprématie de leur nation. Les grands empires d'Asie prenaient plus de force et de développement ; l'Égypte fut réduite à ses limites naturelles. La vingt-deuxième dynastie amena pourtant sur le trône un conquérant : le roi *Scheschonk* (le Schischak de la Bible) recouvra une partie de la Syrie. Les Trésors, rassemblés par David et Salomon, lui apprirent le chemin de Jérusalem, et l'on voit figurer parmi ses captifs le malheureux Roboam, les mains liées derrière le dos, avec cette inscription : *Juda roi*. Néanmoins l'empire des Assyriens devint alors trop puissant pour que les Égyptiens pussent désormais régner d'une manière durable en Asie, et leurs expéditions les plus heureuses se terminèrent par de stériles victoires ou par l'asservissement de quelques parties de la Palestine et de la Syrie.

La vingt-quatrième dynastie ne compte qu'un seul roi, Bockoris, célèbre par sa sagesse ; son nom égyptien, ignoré jusqu'ici, vient enfin de sortir du sanctuaire d'Apis : il se lit *Bok-en-ranw*. Le farouche conquérant éthiopien, *Schévek* (Sabaco), le prit et le brûla vivant, s'il en faut croire les historiens grecs.

Pour la seconde fois, l'Égypte devint la proie des étrangers, mais son antique civilisation eut bientôt subjugué le vainqueur. Schévek lui-même sacrifia aux dieux d'Égypte ; il fit embellir et augmenter les temples de Thèbes. Cette dynastie éthiopienne (la vingt-cinquième) fournit un roi guerrier, Tahraka, qui défit les Hébreux et les Assyriens. Il paraît avoir été complétement gagné à la religion égyptienne, et sa domination fut respectée. Car, quoiqu'il se fût retiré au mont Barkal, en Éthiopie, sur la fin de son règne, le gouvernement s'exerçait encore en son nom à Memphis, et les dates officielles portent son cartouche jusqu'au commencement de la vingt-sixième dynastie. Il semble qu'il y ait eu à Thèbes une plus forte réaction contre la domination de rois éthiopiens, car on a martelé leurs noms sur les monuments qu'ils avaient élevés.

Psammétik Ier inaugura la vingt-sixième dynastie par un règne long et glorieux; à partir de cette époque, les Grecs commencent à nous tenir au courant de l'histoire égyptienne. Les relations établies par les soldats auxiliaires, que les rois saïtes prirent à leur service, ne s'interrompirent plus, et les événements de la vallée du Nil sont désormais enregistrés dans l'histoire ancienne avec les récits des autres nations. Nous insisterons ici seulement sur quelques points que les monuments nous ont fait mieux connaître.

La civilisation égyptienne s'imposa constamment à ses vainqueurs successifs. Cambyse, avant les fureurs qui s'emparèrent de lui à son retour d'Éthiopie, s'était fait reconnaître régulièrement comme roi légitime de l'Égypte; il avait accompli tous les rites religieux et subi l'initiation dans le temple de *Saïs*. Darius suivit la même politique, mais Ochus, par une conduite opposée, souleva tous les esprits contre lui.

Alexandre, en grand politique qu'il était, comprit que le plus sûr moyen d'établir sa domination dans l'esprit de ces peuples, était d'employer à son usage des préjugés qui avaient pour eux la force des siècles. C'est dans ce but qu'il fit son voyage à l'oasis d'Ammon. L'oracle le proclama fils du Soleil, en sorte qu'il représenta désormais, aux yeux des peuples d'Égypte, l'incarnation de la race du Soleil à laquelle était due l'obéissance des humains. Il faut bien connaître les idées des Égyptiens sur la royauté, pour pénétrer toute la portée politique de cet acte d'Alexandre. Les Ptolémées, ses successeurs, suivirent constamment son exemple. Les serviteurs de Jupiter continuèrent à être pour l'Égypte les dieux, fils du Soleil, car, en aucune région, l'adoration de l'homme couronné ne prit un caractère d'idolâtrie plus complet et plus persistant que dans ce pays. Toutes les coutumes y avaient le même caractère de persistance, aussi l'archéologie doit-elle suivre l'Égypte tant que ses monuments restent réellement égyptiens, et ils conservent ce caractère pendant de longues années encore, sous la domination des empereurs romains.

CHRONOLOGIE.

Nous avons évité, dans cette esquisse historique, d'assigner aucune date aux événements, et nous avons déjà indiqué quelle incertitude s'attachait aux calculs qu'on peut établir sur la chronologie des anciennes dynasties égyptiennes; peut-être est-il nécessaire de faire connaître ici quelles sont les limites de nos connaissances à cet égard. Il serait inutile d'enregistrer dans un aussi bref résumé des chiffres qui ne ressortent pas de bases certaines; là où il peut y avoir une foule de systèmes divers, il n'y a pas encore de véritable chronologie. Les Égyptiens n'ont employé aucun cycle astronomique pour numéroter les années; on ne leur connaît pas non plus d'ère historique; ils ne dataient leurs monuments que par l'année du souverain régnant : la moindre interruption dans les dates de ce genre vicie toute la série. Les listes de Manéthon, contenant la suite des dynasties égyptiennes, accompagnées de chiffres chronologiques, étaient la seule ressource qu'on pût employer pour tenter de rédiger une chronologie de l'histoire égyptienne, et l'on était, il y a quelques années, beaucoup trop disposé à les considérer comme un criterium infaillible. Cependant, aussitôt qu'on a pu confronter ces listes avec les monuments, on a dû revenir de cette idée. Si les listes de Manéthon ont acquis de l'importance, en ce sens qu'on les a reconnues comme des documents historiques réellement émanés des sources égyptiennes, les chiffres qui y sont aujourd'hui annexés n'ont pu soutenir l'examen de la critique, éclairée par les monuments. Aussitôt que le canon de Ptolémée n'a plus guidé les faiseurs d'extraits, dès la vingt-sixième dynastie, la dernière avant l'invasion de Cambyse, les inscriptions ont décelé dans ces chiffres une erreur de dix ans. Une seconde erreur plus considérable ressort avec évidence des inscriptions nouvelles de la tombe d'Apis, pour les temps qui précèdent Psammétik ; de sorte que nous sommes plus que jamais obligés de nous défier des chiffres chronologiques conservés dans les listes de Manéthon. Si ces chiffres sont inexacts pour des époques où les Grecs auraient pu venir presque directement au secours des chronologistes qui nous les ont conservés, quelle confiance pouvons-nous avoir en eux quand il faut remonter à des époques plus reculées ?

Voici maintenant ce que nous ont fait connaître les monument étudiés jusqu'ici. On paraît d'accord sur ce point que Cambyse conquit l'Égypte dans la troisième année de son règne, qui est la deux cent vingt et unième année de l'ère de Nabonassar. Le canon chronologique, dressé par Ptolémée, nous escorte avec son invincible autorité jusqu'à cette époque, qui correspond à l'an 527 avant Jésus-Christ. La dynastie qui précède, la vingt-sixième, a retrouvé sa chronologie complète dans les monuments de la tombe d'Apis. Elle s'écarte assez sensiblement de celle que l'on avait pu dresser avec les listes de Manéthon. La première année du règne de Psammétik Ier répond à l'an 94 de l'ère de Nabonassar ou à l'année julienne 654 avant notre ère.

Les mêmes monuments montrent ici de nouveau une différence sensible avec les chiffres des listes, ils ne donnent qu'un très-petit intervalle entre Psammétik Ier et Tahraka, le dernier roi de la dysnastie éthiopienne. Une inscription de la tombe d'Apis montre de nouveau que le règne de Tahraka commença vers l'an 685 avant Jésus-Christ, mais il y a déjà une incertitude d'un ou deux ans sur cette date. Ici s'arrête la région des chiffres exacts. En remontant encore nous manquons de moyens pour vérifier les règnes des deux *Sabaco*, prédécesseurs de Tahraka. Les chiffres des listes paraissent trop courts, nous entrons dans le régime des corrections hasardées dont les monuments ne nous dictent pas l'exacte quotité. Contentons-nous de dire que Bockoris (vingt-quatrième dynastie), doit se placer vers 715; que le commencement de la vingt-troisième, ou l'avénement de Pétubastes, remonte tout au commencement du huitième siècle. Ici l'erreur possible a déjà pris de grandes proportions.

La vingt-deuxième dynastie nous fournirait un point de comparaison et un moyen de rectification bien précieux, dans le fait de la prise de Jérusalem par Schéschonk Ier, si la chronologie du livre des Rois était mieux définie; mais elle présente, dans les séries des rois d'Israël et de Juda, de nombreuses difficultés qui n'ont pas été résolues d'une manière satisfaisante.

M. de Bunsen place la prise de Jérusalem en 962 : tout ce qu'une sage réserve nous permet d'affirmer, c'est que la vingt-deuxième dynastie paraît, sur les monuments, beaucoup plus longue que les listes de Manéthon ne le donneraient à entendre, et que le règne de Schéschonk commença avant le milieu du dixième siècle.

Pour la vingt et unième et la vingt-deuxième dynastie, les inscriptions ne donnent que des dates partielles ; nous sommes réduits à ces mêmes chiffres des listes, que nous trouvons toujours si défectueux ; il paraît certain que le chiffre de la vingtième est particulièrement tronqué. Les limites de l'erreur possible peuvent donc, à cette antiquité, dépasser facilement un siècle.

D'après un calcul de M. Biot, un lever de l'étoile Sothis, indiqué à Thèbes sous Ramsès III, au commencement de la vingtième dynastie, se placerait vers le commencement du treizième siècle avant J. C. Cette date nous paraît s'accorder à merveille avec la dernière époque que nous avons pu calculer et avec la durée probable des vingtième, vingt et unième et vingt-deuxième dynasties.

Comme nous l'avons déjà dit, le synchronisme de Moïse avec Ramsès II (dix-neuvième dynastie), si précieux au point de vue historique, ne nous donne qu'une lumière insuffisante pour la chronologie, parce que la durée du temps des juges d'Israël n'est pas connue d'une manière bien certaine. On restera dans la limite du probable en plaçant Séti Ier vers 1500 et le commencement de la dix-huitième dynastie vers le dix-huitième siècle. Mais il n'y aurait nullement à s'étonner si l'on s'était trompé de deux cents ans dans cette estimation, tant les documents sont viciés dans l'histoire ou incomplets sur les monuments.

Nous voici remontés jusqu'au moment de l'expulsion

des pasteurs; ici nous n'entreprendrons plus même aucun calcul. Les textes ne sont pas d'accord sur le temps que dura l'occupation de l'Égypte par ces terribles hôtes, et les monuments sont muets à cet égard. Ce temps fut long, plusieurs dynasties se succédèrent avant la délivrance, c'est tout ce que nous en savons. Nous ne sommes pas mieux édifiés sur la durée du premier empire et nous n'avons aucun moyen raisonnable de mesurer l'âge des pyramides, témoins de la grandeur des premiers Égyptiens. Si néanmoins nous venons à nous rappeler que les générations qui les construisirent sont séparées de notre ère vulgaire, d'abord par les dix-huit siècles du second empire égyptien, ensuite par le temps très-long de l'invasion asiatique et enfin par plusieurs dynasties nombreuses et puissantes qui nous ont laissé des monuments de leur passage, la vieillesse des pyramides, pour ne pouvoir pas être calculée exactement, ne perdra rien de sa majesté aux yeux de l'historien.

HISTOIRE DE L'ART EN ÉGYPTE.

Ces longues générations, dont nous ne pouvons pas préciser les dates, ont vu s'accomplir diverses phases de l'art égyptien. Nos musées contiennent des échantillons suffisants pour en suivre les principales transformations. Nous ne connaissons pas les commencements de cet art; nous le trouvons dès les monuments de la quatrième dynastie, les premiers auxquels nous puissions assigner un rang certain, extrêmement avancé sous divers rapport. L'architecture montre déjà une perfection inconcevable quant à la taille et à la pose des blocs de grande dimension, les couloirs de la grande pyramide restent un modèle d'appareillage qui n'a jamais été surpassé. Nous sommes obligés de deviner le style extérieur des temples de cette première époque et de le restaurer d'après les bas-reliefs des tombeaux ou la décoration des sarcophages. Ce style était simple et noble au plus haut degré, la ligne droite et le jeu des divers plans faisaient tous les frais de la décoration; un seul motif d'ornement varie ces dispositions, il se composait de deux feuilles de lotus affrontées.

Le style des figures, tant dans les statues que dans les bas-reliefs des premiers temps, se distingue par un aspect plus large et plus trapu; il semble que, dans la suite des siècles, la race se soit amaigrie et élancée sous l'action du climat. Dans les monuments primitifs, on a cherché l'imitation de la nature avec plus de simplicité, et, en gardant toute proportion quant au mérite relatif des divers morceaux, les muscles y sont toujours mieux placés et plus fortement indiqués.

Les figures conservent ce caractère jusque vers la fin de la douzième dynastie; c'est à cette époque qu'elles prennent des formes plus grêles et plus allongées. L'architecture avait fait alors de grands pas quant à l'ornementation: on trouve, à la douzième dynastie, les premières colonnes conservées jusqu'à nos jours en Égypte: épaisses, cannelées et recouvertes d'un simple dé, elles ressemblent d'une manière frappante aux premières colonnes doriques.

Les bas-reliefs, dénués de toute perspective, sont souvent, dans le premier empire, d'une extrême finesse; ils étaient toujours coloriés avec soin. On en connaît où la liberté des attitudes et la vérité des mouvements semblent promettre à l'art égyptien des destinées bien différentes de celles qui lui furent réservées dans les siècles suivants. Les statues de pierre calcaire étaient souvent peintes en entier, les figures de granit étaient coloriés dans quelques-unes de leurs parties, comme les yeux, les cheveux et les vêtements.

Le chef-d'œuvre de l'art du premier empire est une jambe colossale en granit noir, provenant d'une statue du roi *Sésourtasen I*[er], elle appartient au musée de Berlin. Ce fragment suffit pour prouver que la première école égyptienne était dans une meilleure voie que celle du second empire.

La gravure des inscriptions ne laisse rien à désirer dans ces premiers monuments égyptiens. Elle est en général exécutée en relief jusqu'à la cinquième dynastie. Les gravures en creux de la douzième dynastie n'ont été surpassées à aucune époque. Les obélisques d'Héliopolis et du Fayoum autorisent à supposer aussi des temples d'une grandeur et d'une magnificence en rapport avec ces beaux débris de la douzième dynastie. L'on sait, en effet, qu'une des merveilles du monde, le labyrinthe du Fayoum, avait été construit par un de ses rois.

L'invasion des peuples nomades détruisit tous les temples et tous les palais; nous ne jugeons plus actuellement l'art primitif d'Égypte que par les tombeaux. L'abaissement des Égyptiens, pendant cette époque, dut amener nécessairement une décadence, quoique les artistes réfugiés dans la Thébaïde et la Nubie eussent conservé les traditions. Amosis, le restaurateur de l'empire, n'eut pas le loisir de faire des constructions, et l'on remarque sur quelques monuments d'Aménophis Ier, son successeur, une hésitation et une médiocrité qui s'expliquent facilement. Mais la victoire et la prospérité eurent bientôt donné à l'art égyptien un essor nouveau, et le beau style de la dix-huitième dynastie se marque dès Toutmès Ier. L'architecture développe toute sa grandeur, l'ornementation s'enrichit et Syène fournit les obélisques de granit que le ciseau couvre des plus belles gravures. La sculpture se distingue particulièrement dans l'imitation de la figure humaine; l'étude de la nature est bien moins parfaite dans le modelé des membres, et les statues royales du musée de Turin, les plus belles que l'on connaisse, n'atteignent pas, sous ce rapport, certaines figures de l'époque primitive.

L'art se soutint à peu près à la même hauteur sous le règne de Séti Ier, qui commença la dix-neuvième dynastie. Il suffit de citer, à l'honneur de ce roi, la salle hypostyle de Karnak; mais on commence à trouver bien du mélange dans les œuvres très-nombreuses exécutées sous Ramsès II. Cette décadence se marque d'une manière beaucoup plus sensible dans les monuments des particuliers, et elle devient générale sous Ménephtah, son successeur. Le style égyptien conserve bien alors un certain caractère de grandeur, mais il est empreint trop souvent d'une rudesse et d'une laideur inouïe sous les derniers rois de cette famille. Entre cette époque et celle de Psammétik on trouve çà et là quelques ouvrages estimables, et néanmoins on peut dire que l'art ne se releva réellement que sous la dynastie saïte. Si l'on examine, par exemple, la statuette du roi éthiopien *Schévek*, que renferme la villa Albani, c'est un magnifique morceau de prime d'émeraude, mais la sculpture est mauvaise. Les bons artistes manquaient sans doute, dans un temps où l'on confiait une aussi admirable matière à des mains aussi malhabiles. Les grands tableaux de bataille du roi *Schéschonk* sont d'ailleurs, comme exécution, déjà bien inférieurs à ceux de Ramsès II.

La domination des Saïtes donna une physionomie toute spéciale à l'art égyptien. La gravure des hiéroglyphes prend, à cette époque, une finesse admirable, les belles statues se multiplient ; on emploie avec préférence le basalte noir ou vert, cette roche d'un grain si fin et dont le sculpteur tire un merveilleux parti lorsque le ciseau triomphe complétement de sa dureté. Sans sortir du type égyptien, les membres des statues acquièrent plus de souplesse et de vérité. Maintenant que nous connaissons mieux les modèles que les Égyptiens purent étudier à Babylone et à Ninive, dans les relations multipliées qui s'établirent à cette époque entre eux et les Assyriens, il nous est peut-être permis de supposer que ces relations eurent quelque part aux nouveaux progrès de l'art des Saïtes ; mais, par compensation, nous reconnaissons bien plus visiblement l'influence égyptienne dans les productions des Phéniciens.

Les monuments égyptiens, sous la domination persane, ne montrent aucune décadence, et le style saïte se continue jusqu'aux Ptolémées ; mais, à cette époque, le type grec fut, par sa beauté même, funeste à l'art égyptien : loin de l'améliorer, il ne fit qu'introduire dans les formes une rondeur mal assortie qui ne fut ordinairement que de la mollesse. On reprit l'usage général de la gravure en relief, mais les formes des caractères devinrent de plus en plus négligées, et ces défauts allèrent en empirant sous la domination romaine ; une seule partie de l'art égyptien conserve son caractère au milieu de cette décadence. Les architectes d'Esné, d'Ombos et de Dendérah ne se laissèrent pas séduire par les lignes merveilleuses des édifices de Corinthe ou d'Athènes, et ils continuèrent à élever des temples dans un ordre purement pharaonique, aussi longtemps qu'ils travaillèrent en l'honneur de leurs dieux nationaux.

L'histoire de ces dieux, ou la mythologie égyptienne, est une des parties les moins avancées de la science : nous nous bornerons à en donner un aperçu en parlant de la salle des dieux, située au premier étage du Louvre.

Nous supposerons maintenant que le visiteur, entrant par la salle Henri IV, parcourt successivement les salles du musée égyptien, et nous appellerons son attention sur les morceaux qui sont de nature à exciter un intérêt plus général.

EXPLICATION

DES

PRINCIPAUX MONUMENTS

EXPOSÉS DANS LES SALLES ÉGYPTIENNES

DU MUSÉE DU LOUVRE.

SALLE HENRI IV.

A.

SPHINX, STATUES, STATUETTES ET GROUPES.

Les caractères généraux, propres aux cinq époques de l'art égyptien, se reconnaissent particulièrement sur les figures de ronde bosse. Dans le premier style memphitique, les statues et les figurines représentent une race musculeuse et trapue; l'attitude est roide, les pieds sont souvent courts, le nez est droit, quelquefois gros et rond par le bout. La coiffure ordinaire se compose des cheveux coupés courts et rendus par des petits carrés.

Sous la douzième dynastie, les saillies musculeuses des

2.

jambes sont encore vigoureusement indiquées; mais cette deuxième époque se caractérise par un nouveau canon des proportions du corps humain qui donne aux figures un aspect plus élancé.

L'école de la dix-huitième dynastie perfectionna la sculpture des têtes; les profils sont d'une grande pureté, et les lèvres, mieux dessinées, sourient gracieusement; les jambes, trop rondes, ont habituellement perdu leur vigueur; on voit apparaître les riches coiffures à petits tuyaux, et le ciseau reproduit quelquefois les longues robes d'étoffes transparentes. Les beaux sphinx et les colosses sculptés sous la dix-neuvième dynastie n'empêchent pas d'attribuer à cette époque le commencement d'une prompte décadence de l'art égyptien, qui se remarque surtout dans les monuments consacrés par les particuliers.

Les statues de l'école saïte ont au contraire reconquis la finesse et le naturel; la coiffure, assez volumineuse, se compose ordinairement d'une étoffe qui enveloppe complétement les cheveux.

Sous les Ptolémées, les belles figures de style égytien deviennent très-rares. On conserve au Vatican deux colosses en granit de Ptolémée et d'Arsinoë Philadelphes; leur style est encore purement égyptien, ils se rapprochent des saïtes sans les égaler. Le Louvre possède une admirable tête royale, bien franchement égyptienne par sa matière et sa coiffure, mais dont le modelé rappelle au contraire les artistes grecs (*voy.* A, 35). Il ne serait pas raisonnable de classer parmi les statues égyptiennes les imitations romaines de la *Villa Hadriani*, dont les auteurs n'ont emprunté à l'art pharaonique que des détails de pose ou de costume.

Dieux, Nos 1 à 15.

Rois, Nos 16 à 35.

Particuliers, Nos 36 à 101.

Les nos 1, 2, 3, 4, représentent la déesse à tête de lionne nommée *Pacht* [1]. Les inscriptions montrent qu'elles ont été dédiées par le roi Aménophis III, de la dix-huitième dynastie. Les statues nos 5, 6, 7, 8, 9, 10, 11, représentent la même déesse; elles furent sculptées à diverses époques et proviennent de Thèbes. Le n° 7 porte le cartouche de Scheschonk I, le vainqueur du roi Roboam, fils de Salomon.

A 12. — Groupe en granit rose :
Un roi coiffé de la couronne égyptienne, nommé *Pschent*, est entre deux dieux. Cette méthode d'apothéose était très-usitée en Égypte. Les dieux qui escortent le roi sont ici Osiris et Horus.

A 16. — Colosse en granit rose.

C'est la seule statue royale de grande dimension qui nous reste du premier empire égyptien ; c'est donc un morceau inestimable. Elle représente le roi Sevek-Hotep III, de la treizième dynastie. On dit qu'elle fut trouvée à Bubastis. Le torse est remarquable par son type svelte et élancé. Malheureusement la figure est très-mutilée.

A 17. — Statue demi-grandeur, en granit gris.
C'est le même monarque que le colosse du n° 16.

A 18. — Pieds d'un colosse en granit rose.

La statue qui s'élevait autrefois sur cette base représentait Aménophis III. Vingt-trois nations africaines qu'il avait vaincues sont figurées tout autour de la base, avec leurs noms écrits dans les écussons.

[1] Voyez, pour cette déesse, à la salle des Dieux.

A 20. — Statue en granit gris.

C'est le roi *Ramsès II*, dit *Meïamoun*, dix-neuvième dynastie.

A 21, 22, 23. — Au centre de cette salle se trouve un colosse, et aux deux extrémités, deux sphinx de granit rose; ces trois morceaux représentent trois générations successives de rois de la dix-neuvième dynastie. Le plus ancien est le sphinx, n° 21, au fond de la salle; il représente *Ramsès-Meïamoun*, le *Sésostris* des Grecs. Le sphinx était un animal imaginaire, composé d'un corps de lion et d'une tête d'homme : c'était le symbole de la force unie à l'intelligence. On n'appliquait ce mode de représentation qu'à un dieu ou à un roi. Les sphinx féminins étaient, en Égypte, une rare exception; ils représentaient une reine. Celui-ci a le corps d'un jeune lion. Nous avons, dans l'avant-propos, tracé les principaux traits de l'histoire de Ramsès-Meïamoun. Le second sphinx, n° 23, est d'un type plus lourd, ses formes sont moins parfaites; sa tête est celle de Ménephtah, fils du même Ramsès [1].

Le colosse de grès rouge, au milieu de la salle, appartient à Séti II, fils de Ménephtah. Ce fut aussi un roi guerrier qui soutint dignement par les armes la puissance de la dix-neuvième dynastie. Toutes ces attributions nous sont fournies par les légendes gravées sur les piédestaux de ces monuments. Elles contiennent des dédicaces au nom de ces souverains. Séti II tient ici dans sa main un grand bâton d'enseigne sur lequel est gravée toute la série de ses noms et titres royaux.

A 25. — Tête en granit noir.

Cette belle tête est coiffée d'un casque royal. On ignore le nom du roi qu'elle représentait.

A 26. — Sphinx portant le nom du roi Néphérites de la vingt-neuvième dynastie (vers 398 avant J. C.).

[1] Ce sont ces deux rois que nous considérons comme les contemporains de Moïse.

A 27. — Sphinx semblable, portant le nom du roi Hakoris, vingt-neuvième dynastie (vers 392).

A 28. — Statue en basalte.

Elle représente un roi inconnu. C'est un des beaux morceaux de l'art saïte.

A 29. — Sphinx en grès statuaire.

Il porte les cartouches de Nectanébo, dernier roi des dynasties égyptiennes.

A 35. — Tête en basalte.

Le serpent royal, placé sur cette tête, prouve qu'elle représente un roi d'Égypte, probablement un des Ptolémées, car le style de la sculpture est empreint du génie grec.

A 47. — Groupe en grès.

Un homme, nommé *Ounsou*, et sa femme nommée *Amenhotep*. Ce personnage était chargé des revenus du dieu Ammon vers l'époque de Toutmès III, dix-huitième dynastie. Les mutilations sont dues au roi Aménophis IV, qui ordonna de marteler partout le nom du dieu Ammon, vers la fin de cette dynastie.

A 51. — Groupe en pierre calcaire.

Un personnage, nommé *Nowrerenw*, est accompagné de sa femme *Taeï*. Un petit enfant, nommé *Ouah-er-Méri*, joue entre leurs jambes. Son nom signifie : celui qui augmente l'amour[1]. Les mutilations proviennent encore du martelage du nom d'Ammon.

A 52. — Statuette en grès.

Elle représente une jeune femme nommée *Ateh :* c'était une des dames attachées au temple d'Ammon, à Thèbes; elle tient un sistre, insigne de sa charge. Le style indique la dix-huitième dynastie.

A 62. — Statuette en pierre calcaire.

Ce personnage accroupi, qui tient devant lui un naos

[1] On trouve asez souvent, chez les Égyptiens, des noms propres un peu compliqués, emportant une idée gracieuse.

dans lequel repose un singe cynocéphale, emblème du dieu Lune, se nommait *Scha;* il était sommelier du roi, comme le compagnon du patriarche Joseph dans sa prison. Époque de Ramsès II. Dix-neuvième dynastie.

A 63. — Statue en granit gris.

Cette figure, qui semble une cariatide, représentait le premier prophète d'Osiris, à Abydos, sous le règne de Ramsès II; la peau de panthère constitue son costume officiel de prêtre. Il se nommait *Ounnowre.*

A 64. — Buste en grès statuaire.

Un ornement joint à la coiffure ne laisse distinguer que la tête de ce personnage, qui se nommait *Méripoun.* C'était un grammate royal de Memphis : sur ses épaules sont gravées les figures de diverses divinités.

A 65. — Groupe en granit rose.

Hora, basilico-grammate sous le roi Ménephtah, fils de Ramsès II et sa femme *Nowreari*, prêtresse d'Ammon. Dix-neuvième dynastie.

A 83. — Statuette en granit gris.

Ce personnage, dont la tête est brisée, tient devant ses jambes une stèle portant la date de l'an premier du roi Nekao, vingt-sixième dynastie (vers 610 avant J. C.)

A 84. — Statuette en granit gris.

Les inscriptions apprennent que ce personnage, nommé *Haroua,* vécut sous la reine Amnéritis, qui gouverna Thèbes après la dynastie éthiopienne.

A 86. — Statuette en granit noir.

Sans légende, beau style saïte.

A 88. — Statuette en granit noir.

Ce beau morceau de l'art saïte représente un capitaine nommé *Horus*, fils de *Psammétik.*

A 91. — Statue en granit gris.

L'attitude de ce personnage est celle que l'on donnait aux

odistes. C'était un surintendant des terres du Midi, nommé *Ouaphrès*. Vingt-sixième dynastie.

A 93. — Statue naophore en granit.

Elle représente un fonctionnaire important de l'époque d'Amasis. Champollion l'a indiqué sous le nom de *Pefpanet*. Vingt-sixième dynastie.

A 94. — Statue en grès.

Ce personnage agenouillé était un prêtre d'un rang élevé; il se nommait *Horhev*. Vingt-sixième dynastie.

B.

BAS-RELIEFS.

B 3, 4, 5. — Ces bas-reliefs représentent un des rois nommés Sevek-Hotep, probablement le quatrième, en adoration devant diverses divinités. Le style en est très-fin.

B 7. — Bas-relief peint, provenant du tombeau du roi Séti I.

Ce roi, chef de la dix-neuvième dynastie, reçoit un don symbolique de la déesse Hathor. La robe de la déesse est couverte d'une inscription qui se rapporte aux faveurs qu'elle accorde au roi. On remarque dans ce bas-relief la beauté du profil du roi et de celui de la déesse.

B 11, 12, 13, 14. — Bas-reliefs en pierre calcaire.

Ce sont les restes d'une grande scène où Ramsès I faisa offrande à divers dieux.

B 15, 16, 17. — Fragment d'un monument en granit.

Ces bas-reliefs sont gravés avec une profondeur qui n'appartient qu'aux temps de Ramsès II. Le roi y fait hommage au dieu Ammon générateur, et, dans le n° 27, à la déesse des Bibliothèques.

B 30. — Fragment de bas-relief en pierre calcaire.

Portion d'une scène funéraire : une parente du défunt,

accroupie, porte la main à sa tête dans l'attitude de la douleur. Un prêtre, debout, lit l'hymne funèbre. A droite, le défunt, debout dans une case, au milieu de sa barque, navigue au milieu des plantes et des oiseaux d'eau.

B 34-41. — Bas-reliefs du temps des Lagides.

STÈLES ET INSCRIPTIONS.

Les inscriptions, en Égypte, s'appliquaient à toutes sortes de sujets. Les stèles sont plus habituellement destinées à rappeler la mémoire d'un parent défunt. En dehors des grandes inscriptions historiques, les stèles font pénétrer dans l'intérieur des familles; elles nomment le père et l'aïeul avec toutes ses fonctions, et n'oublient pas la mère et les enfants. La formule qui accompagne les figures est ordinairement une prière adressée à Osiris, le dieu des morts. Ces prières se développent quelquefois de manière à présenter un intérêt littéraire. Si le personnage principal a pris part aux charges de l'État, la stèle fournit souvent alors des dates ou des renseignements historiques.

Le sommet des stèles est presque toujours occupé par le disque ailé. Ce symbole représente le soleil, considéré comme la divinité suprême. Dans sa course céleste, dirigée d'orient en occident, l'astre est soutenu par deux ailes dont l'une désigne le ciel du nord et l'autre le ciel du midi. Cette orientation est souvent reproduite par les deux chacals, qui portent les noms de *guides des chemins célestes du nord et du midi.* Les autres symboles qui complètent ordinairement cette scène sont l'anneau, symbole des périodes du temps; l'eau ou l'éther céleste, sur lequel étaient censés voguer tous les astres, et le vase, symbole de l'étendue.

Les figures gravées dans le champ des stèles sont ordinairement distribuées en plusieurs étages ou registres : le chef de la famille, un père ou un aïeul défunts, reçoivent, dans le premier, les hommages du dédicateur, qui figure, à son tour, dans les registres inférieurs avec ses enfants et le reste de sa famille; on y trouve quelquefois même leurs serviteurs favoris.

C

C 1. — Stèle en pierre calcaire.

Elle porte la date de la huitième année des deux rois Amenemhé Ier et Sésourtasen Ier, qui régnèrent simultanément au commencement de la douzième dynastie. Le dédicateur était un *parent royal*, nommé *Mentou-ensa-sou*. Ce personnage se vante des honneurs dont les deux souverains l'ont comblé.

C 2. — Stèle semblable, portant la date de l'an neuf du roi Sésourtasen I, dédiée par le prophète *Hor*, fils de *Senma*.

C 3. — Stèle portant une date de la même année que la précédente. Toutes trois sont remarquables par la beauté de leur gravure, ainsi que tous les monuments un peu importants de la douzième dynastie.

C 4. — Stèle en granit rose.

C'est un acte d'adoration adressé à Osiris par *Sésourtasen*, fils de *Hathor-se*. Elle est datée de l'an huit du roi Amenemhé II (douzième dynastie). Tous ces monuments sont d'une antiquité qui défie les calculs raisonnables de l'archéologue.

C 8. — Stèle en pierre calcair

Deux princesses, filles du roi Sevek-hotep II, de la treizième dynastie, rendent hommage au dieu Horus, fils d'Isis, qui porte ici les attributs d'Amon générateur.

C 9, 10. — Fragments d'une inscription portant la légende royale de Sevek-hotep IV. Treizième dynastie.

C 11, 12. — Stèles dédiées par *Amoni-senv* sous le règne de *Tereura*. Treizième ou quatorzième dynastie.

C 13. — Stèle en pierre calcaire.

La reine *Nouvschas*, appartenant à la treizième dynastie, fait ses offrandes à Osiris et à la déesse Hathor. Sa coiffure est un vautour, symbole de la maternité.

C 14. — Stèle en pierre calcaire.

Cette inscription, d'une si fine gravure, commence par les titres royaux de *Mentou-hotep*, roi de l'ancien empire, dont la place n'est pas encore exactement déterminée.

C 15. — Stèle en pierre calcaire, remarquable par sa gravure travaillée en relief dans le creux; elle est antérieure à la douzième dynastie.

C 26. — Grande stèle en pierre calcaire.

Antew, premier second (ou lieutenant) du roi, reçoit les hommages de son frère *Ahmès* et de son fils *Téti*. La grande inscription qui remplit le monument contient un éloge pompeux d'Antew (vers la douzième dynastie).

C 48. — Stèle en forme de porte, en granit rose.

La légende indique qu'elle fut dédiée par la reine Hat-Asou à son père Toutmès Ier. (Dix-huitième dynastie, vers le dix-septième siècle avant Jésus-Christ.)

C 49. — Côtés d'un siége de statuette en pierre calcaire.

Ces deux petits fragments sont très-précieux, parce que leur dédicateur, nommé *Ahmès-Pensouvan*, y énumère les campagnes auxquelles il prit part pendant les cinq premiers règnes de la dix-huitième dynastie.

Ce monument nous apprend notamment que Toutmès Ier pénétra, avec ses armées, jusqu'en Mésopotamie.

C 55. — Cette stèle est intéressante surtout parce qu'elle a conservé la légende d'un roi qui, vers la fin de la dix-huitième dynastie, à ce que l'on croit, obtint l'empire à Thèbes; ses cartouches furent ensuite effacés avec soin, ce qui prouve qu'il fut traité en usurpateur. Ce roi se nommait *Aï*. La stèle a été dédiée par un de ses partisans, mais elle n'a pas échappé à la réaction qui suivit son règne; les noms du roi y ont été martelés. La légende de son enseigne royale a échappé et le fait reconnaître.

C 57. — Stèle en pierre calcaire, rapportée par Champollion de Ouadi-Halfa, au fond de la Nubie; elle est datée de l'an deux de Ramsès Ier, père de Séti Ier. Le roi y fait un acte d'hommage au dieu Amon.

C 100. — Stèle en pierre calcaire très-finement gravée.

La princesse *Moutartaïs* est debout derrière son père. C'était un roi, on le voit à ses titres, son nom a été martelé avec soin. Les traces des caractères permettent cependant d'y reconnaître le roi *Pianchi* qui eut un moment la royauté à Thèbes avec son épouse, la princesse Amenartaïs, après la dynastie des Ethiopiens. L'inscription fait l'éloge de la princesse : *Elle a la palme de l'amour entre les hommes et les femmes. Le noir de ses cheveux est le noir de la nuit*, etc. Elle porte le titre de prophétesse des déesses Maut et Hathor.

D

MONUMENTS DIVERS.

SARCOPHAGES.

Les sarcophages des premières dynasties étaient taillés dans la forme d'un édifice. Ils n'étaient décorés que de simples lignes droites et brisées dont l'agencement produisait un excellent effet. Les deux feuilles de lotus variaient seules cette sévère ornementation. Tel était celui du roi Menkérès, trouvé dans la troisième pyramide de Giseh, et celui qui se voit aujourd'hui au musée de Leyde. Ceux du second empire sont de diverses formes; ils sont souvent couverts de scènes sculptées, et leur richesse alla toujours croissant jusqu'aux dernières époques de l'art égyptien. L'idée principale qui régit toute la décoration de ces beaux monuments est l'immortalité de l'âme humaine, doctrine nationale au plus haut degré chez les Égyptiens.

Ordinairement la déesse de l'enfer, qui s'appelait *Amenti*, est gravée au fond du sarcophage; la momie reposait sur elle. Au-dessus s'étendait la déesse du ciel. Les déesses Isis et Nephthys veillaient à la tête et aux pieds du défunt. Les scènes, gravées sur les parois intérieures et extérieures, se rapportent toutes aux diverses régions du ciel infernal, que les âmes étaient censées parcourir à la suite du soleil. On trouvera quelques détails de plus sur ce sujet à la description de la salle funéraire.

D 1. — Sarcophage en granit rose.

Cette cuve, taillée en forme de cartouche royal, a reçu la momie du roi Ramsès III (vingtième dynastie); elle fut trouvée en place dans son tombeau, et les inscriptions attestent sa destination. Le couvercle est à Cambridge. La décoration se compose des scènes relatives à la course du soleil dans les sphères du ciel infernal. Aux pieds et à la tête, les deux déesses protectrices, Isis et Nephthys, reposent sur un grand collier, symbole de l'or, et en même temps des salles qui contenaient le sarcophage. Ce monolithe est du commencement du treizième siècle avant Jésus-Christ.

D 2 et 3. — Sarcophage en granit de forme humaine. Dix-neuvième dynastie.

D 7. — Sarcophage en basalte, forme humaine.

Huit éperviers à tête humaine décorent la poitrine; ils représentent les dieux de la demeure des âmes. Le défunt, nommé *Onchméri*, les invoque pour que son âme vole vers la demeure où elle doit aborder, et qu'elle puisse heureusement se réunir à son corps.

D 8. — Sarcophage en granit gris.

Il appartenait à un prêtre de Memphis nommé *Taho*, fils de *Pétihaké*. Vingt-sixième dynastie, sixième siècle.

D 9. — Sarcophage en basalte.

Ce monument, apporté en France par Champollion, est le chef-d'œuvre de la gravure sur pierre dure aux dernières époques de l'art égyptien. Les scènes qui le décorent rempliraient un volume entier. C'est toujours la course du soleil et la pérégrination de l'âme dans les régions infernales qui en font le sujet. Il a été destiné à un prêtre du dieu Imouthès, fils de Phthah, nommé *Taho*.

D 10. — Sarcophage en granit gris.

Il a été gravé pour *Horus*, fils de *Tarot-en-Pacht*. Sa décoration est analogue à celle des précédents, à l'extérieur. A l'intérieur, on remarque la série des quarante-deux juges infernaux qui assistaient Osiris dans le jugement de l'âme humaine.

D 11. — Sarcophage de forme humaine, en pierre calcaire.

Le défunt se nommait *Outahor*. Son âme, sous la forme d'un épervier à tête humaine, repose sur sa poitrine. L'oiseau porte dans ses serres l'anneau, symbole des longues périodes du temps, après lesquelles s'opérera l'union si désirée de l'âme avec le corps. Les divers génies protecteurs complètent la décoration.

D 13. — Sarcophage en basalte vert.

Les inscriptions élégantes qui le décorent montrent qu'il fut taillé pour le prêtre *Onch-hapi*, de Memphis, vers la dernière époque de l'art saïte.

D 29. — Naos monolithe en granit rose.

Ces sortes de niches étaient fermées par des portes; elles renfermaient la statuette de quelque dieu. Celle-ci avait été dédiée par le roi Amasis à la fin de la vingt-sixième dynastie. On y remarque que les titres d'Amasis ont été martelés, ainsi que son nom. Ce roi était un usurpateur. Il paraît qu'après la conquête de Cambyse les anciens partisans d'Apriès exercèrent leur vengeance en effaçant ainsi les noms et titres d'Amasis. C'était la méthode égyptienne pour signaler les usurpateurs après leur déchéance. Cambyse, qui avait épousé la fille d'Apriès, pouvait se prétendre l'héritier légitime du trône de Memphis. Les faces extérieures sont ornées de diverses séries de divinités finement gravées.

D 30. — Naos monolithe en granit.

Ce naos, dédié par Ptolémée-Évergète II, est très-inférieur, comme gravure, à celui d'Amasis.

D 31. — Portion de la base de l'obélisque du Louqsor.

La décoration de cette face se compose de quatre singes, de l'espèce nommée cynocéphale, debout, les mains levées. Ils représentent les esprits de l'orient en adoration devant le soleil levant. Entre ces animaux sont gravés les cartouches de Ramsès II.

D 35. — Montant d'une porte en granit rose.

La légende royale qui le décore est celle de Toutmès II. (Dix-huitième dynastie.)

D 36. — Autel en grès.

Il a été consacré au soleil et à Osiris par un scribe royal, nommé *Ani*, et par un prêtre de Phthah, nommé *Ptahmaï*. Style de la dix-neuvième dynastie.

D 37. — Fragment en granit gris.

C'était une sorte de calendrier où étaient représentées, sous la forme d'un épervier à tête humaine, voguant dans une barque, les trente-six décades de jours qui composaient l'année égyptienne.

D 38. — Moulage en plâtre du zodiaque circulaire de Dendérah.

Ce monument, qui a donné lieu à des discussions si célèbres au commencement de ce siècle, a perdu le prestige de l'antiquité fabuleuse qu'on avait voulu lui attribuer.

C'est une œuvre des plus bas temps de l'art égyptien et très-probablement de l'époque romaine. Les figures des anciennes constellations égyptiennes y sont mêlées aux douze signes du zodiaque introduit en Égypte par les Grecs.

DANS LE PASSAGE, A GAUCHE.

C 140. — Trois fragments de pierre calcaire composant la porte d'une niche.

Sur le linteau, Osiris siége en juge; il reçoit les prières de *Sennou*, lieutenant royal et grammate des jeunes soldats. Sur les montants, *Sennou* adresse des prières aux dieux Osiris, Anubis et Horus. Dans le bas, son fils *Amen-se*, à genoux, lui dédie ce monument.

DANS LE MÊME PASSAGE, A DROITE.

C 68, 69, 70. — Porte de forme analogue à la précédente, mais surmontée d'un cintre.

Les deux chacals qui présidaient au nord et au midi du ciel reçoivent, dans le cintre, les prières d'un capitaine nommé *Hor-em-hévi*, qui était en même temps odiste du roi et scribe royal. Sur les montants sont gravées des prières adressées à divers dieux.

SALLE D'APIS.

Tous les monuments qui sont réunis dans cette salle proviennent des fouilles dirigées par M. Mariette auprès d'Abousir. Elles ont eu pour résultat de mettre au jour les souterrains où les Égyptiens avaient enterré les taureaux sacrés, adorés à Memphis.

Apis (en égyptien *Hapi*) était le nom de cet animal vénéré qui personnifiait, aux yeux des peuples, la présence de la divinité. Le dieu suprême, à Memphis, se nommait *Ptah*. Apis était qualifié la *seconde vie de Ptah,* et quelquefois le *fils de Ptah*. Apis était donc à leurs yeux la divinité toujours présente. Lorsqu'il était mort, tout le pays était en tristesse jusqu'à ce qu'il plût à la divinité de se manifester de nouveau. Tout retard dans l'apparition du nouvel Apis était interprété comme un signe de la colère de Dieu, qui refusait sa présence à son peuple. La plus grande joie éclatait au contraire quand on avait reconnu les marques sacrées sur un jeune taureau. La statue d'Apis, S 98, placée au milieu de la salle, fut trouvée en place dans sa chapelle; elle paraît avoir été sculptée vers la fin du règne des souverains nationaux. On y distingue parfaitement encore les marques sacrées, quant à la couleur d'Apis; elles consistaient dans des taches noires régulières, terminées en forme de croissant; la tête était noire, avec un triangle blanc sur le front. La peinture de cette partie n'est plus visible.

Le zèle pour les funérailles d'Apis semble avoir augmenté à mesure que l'on s'approche des derniers temps. Les premiers tombeaux étaient très-simples; sous les derniers Saïtes et sous les Ptolémées, au contraire, les taureaux furent ensevelis dans de magnifiques sarcophages de granit, et les auteurs nous parlent des prodigalités excessives employées souvent pour ces funérailles. La tombe d'Apis est nommée par les Grecs Sérapéum ou temple de Sérapis; mais, pour les Égyptiens, Sérapis n'était autre chose que l'Apis mort; car, chaque mort étant assimilé à Osiris, Apis mort devenait *Osiris-apis* ou *Osar-hapi*, d'où est venu par abréviation *Sarapis*. Les plus anciens monuments trouvés dans la tombe d'Apis datent du règne d'Aménophis III (dix-huitième dynastie). Le culte de ce taureau existait pourtant dès l'ancien empire, mais les tombes sacrées étaient sans doute dans un autre lieu qui n'a pas été retrouvé. Les dernières inscriptions recueillies jusqu'ici nous conduisent jusqu'à l'époque de Cléopâtre et de son fils Cæsarion. Après la statue d'Apis, les monuments les plus remarquables de cette salle sont les suivants :

Les deux lions : celui qui occupe le centre de la fenêtre est un chef-d'œuvre, l'imitation de la nature n'y laisse rien à désirer; quoiqu'il ne porte aucune inscription, on peut affirmer qu'il est du dernier style des rois saïtes.

Les deux sphinx S 971 et 972 sont les mieux conservés; les profils sont finement exécutés. Les rois qu'ils représentent ne sont pas nommés, mais ils ressemblent, le premier au roi Apriès, et le second au roi *Necht-har-hévi*.

Les vases que l'on nomme ordinairement canopes sont ici d'une taille énorme. Ils servaient à renfermer certaines parties des entrailles, sous la protection des quatre génies, fils d'Osiris. On les a trouvés, comme à l'ordinaire, par collection de quatre. Les inscriptions qui les décorent sont des allocutions adressées par les déesses funéraires, qui promettent de protéger la portion d'entrailles de l'Apis renfermée dans le vase. Les canopes S 1151, 1152, 1153, 1154, se distinguent par la finesse des têtes qui les surmontent; ils sont de la dix-neuvième dynastie.

S 993. — Portion d'un linteau de porte en pierre calcaire.

On y voit un des derniers rois d'Égypte, nommé *Necht-har-hévi*, embrassant la déesse Isis. Les cartouches du roi se lisent sur les autres faces.

Le pourtour de la salle est couvert par une collection d'une valeur inappréciable pour l'archéologue. Ce sont toutes les inscriptions trouvées dans les tombeaux d'Apis. Elles ne contiennent habituellement qu'un acte d'hommage adressé au dieu par les prêtres attachés à son service; mais leur grand intérêt pour la science réside dans une quantité de dates du règne des différents souverains sous lesquels étaient morts les Apis, et dans le nombre de personnages importants qu'elles nous font connaître ou dont elles assignent l'époque. Nous indiquerons seulement ici les plus importantes de ces inscriptions.

S 1455. — Contient la mention de la mort de trois Apis successifs sous le règne de Ramsès II. Il paraît que le fils aîné de ce roi, qui était grand prêtre de Ptah à Memphis, eut une grande ferveur pour le culte d'Apis; on lui doit des travaux importants, et M. Mariette a retrouvé, dans les chambres consacrées par ce prince, des ex-voto précieux que nous décrivons à la salle historique du premier étage.

S 1555. — Se rapporte à un Apis mort pendant le temps où Ménephthah, qui succéda à Ramsès II, n'était encore que prince royal. Le culte d'Apis était alors en grand honneur; on peut juger, par l'idolâtrie du veau d'or, quel empire cette superstition avait déjà pris sur l'esprit des Israélites pendant leur séjour dans la basse Égypte, d'où Moïse les fit sortir vers cette époque.

S 1898. — Cette stèle est datée de l'an vingt-huit du roi Scheschonk III; elle est précieuse par la généalogie de la famille royale qu'elle contient. Vingt-deuxième dynastie.

S 1904, 1905, 1906. — Ces inscriptions nous ont donné le nom d'un roi inconnu jusqu'ici, *Pichaï,* père de Scheschonk IV. Un taureau sacré, né l'an vingt-huit de Scheschonk III, mourut l'an deux de Pichaï, et les stèles nous apprennent qu'il vécut vingt-six ans. On comprend que ces secours sont bien précieux pour la chronologie. Les auteurs grecs disaient qu'Apis devait être tué au bout de vingt-cinq ans, s'il ne mourait pas naturellement avant ce terme. Il paraît que cette règle n'était pas en vigueur sous la vingt-deuxième dynastie, puisqu'on y trouve deux Apis qui vécurent chacun vingt-six ans.

S 1969. — Se rapporte à un Apis mort l'an trente-sept de Scheschonk IV. Ce roi et les trente-sept années de son règne sont également une nouvelle acquisition. entièrement due aux stèles du Sérapéum.

S 1995. — Cette inscription, tracée à l'encre et bien peu lisible, permet pourtant de reconnaître les deux cartouches de Bockoris, dont ces stèles ont également révélé les premières le vrai nom égyptien, qui se lit *Bok-en-renw* (vers 720 av. J. C).

S 2018. — Est datée de l'an 24 du troisième roi éthiopien, Tahraka (vers 672 av. J. C.).

S 2035. — Est l'épitaphe d'un Apis né l'an 26 de Tahraka, et mort l'an 20 de Psammétik Ier (vers 645).

S 2243. — Est l'épitaphe officielle de l'Apis mort l'an 16 de Nékao (vers 595).

S 2244. — Épitaphe semblable pour l'Apis mort l'an 12 du roi Ouaphrès (vers 578).

S 2259. — Épitaphe de l'Apis mort l'an 23 du roi Amasis (vers 549). Outre la beauté de la gravure, qui fait de ces stèles officielles des monuments hors ligne et sans analogues dans les musées d'Europe, elles établissent d'une manière complète la chronologie de toute cette partie de l'histoire d'Égypte.

S 2254. — Cette stèle nous montre un prêtre du temps d'Amasis, nommé *Psammetik-nofre-sim*, prosterné devant Apis; on remarquera l'excellent dessin du taureau sacré. L'incription rapporte la généalogie paternelle du personnage jusqu'à la dix-neuvième génération.

S 2287. — Cette inscription, devenue malheureusement à peu près illisible, était l'épitaphe de l'Apis mort sous Cambyse, et né, à ce qu'il semble, l'an 25 d'Amasis. On possède son sarcophage, sculpté par ordre de Cambyse.

S 2274. — C'est l'épitaphe du taureau mort l'an 4 de Darius. Nous pensons que c'est le même Apis que Cambyse blessa, dans sa fureur, lorsqu'à son retour de la malheureuse expédition d'Éthiopie il trouva les Égyptiens se livrant aux réjouissances qui accompagnaient les fêtes de la théophanie d'un nouvel Apis (en 518 av. J. C.).

S 2303. — Stèle datée de l'an 34 de Darius. Cette belle inscription a été dédiée par un prêtre nommé *Psammétik-em-chou* (en 488).

Le manque de place n'a pas permis de continuer à developper chronologiquement les inscriptions des époques suivantes; on a seulement exposé quelques exemplaires qui peuvent servir d'échantillons pour étudier les changements successifs introduits dans le style des écritures égyptiennes jusqu'au temps des Romains.

S — Est le moulage d'une inscription qui rappelle le gouvernement, en Egypte, d'un prince ou satrape inconnu jusqu'ici; il se nommait *Khabaisch;* on le proclame *Aimé d'Apis*, et cette inscription est gravée sur un sarcophage du Sérapéum.

S — Fragment d'une stèle en granit noir. C'était l'épitaphe de l'Apis mort l'an 51 du roi Ptolémée Evergète II (179 av. J. C.). Elle relate toutes les époques de sa vie.

PORTE DU SERAPÉUM

Une porte égyptienne sépare la salle d'Apis d'un cabinet où sont rangés les monuments de la sculpture des premières dynasties. Cette porte, dont M. Mariette a soigneusement remonté toutes les parties dans leur ordre primitif, donnait accès dans les souterrains de la tombe d'Apis. Elle avait été construite au commencement de la dynastie des Ptolémées. Les prêtres d'Apis ont gravé leurs actes d'adoration sur toutes ses parties. Les inscriptions, généralement datées, nous font connaître une foule de personnages intéressants du temps des Lagides.

SALLE DES MONUMENTS

DES PREMIÈRES DYNASTIES ÉGYPTIENNES.

On a réuni dans cette petite salle les figures et les bas-reliefs qui appartiennent à la première manière des artistes égyptiens, à l'école de Memphis, qui se continue jusque vers la douzième dynastie. Nous avons dit un mot de cette école dans l'avant-propos. Malgré la gaucherie inséparable des débuts de l'art, elle se caractérise par une recherche plus exacte de la nature. La convention a moins de part dans les compositions, et l'ensemble des personnages présente un type plus vigoureux.

Les statues A 36, 37, 38, paraissent les plus anciens morceaux de la sculpture de nos musées; ils remontent à la quatrième et peut-être à la troisième dynastie. Au milieu de leur rudesse on remarquera déjà la justesse de certaines parties, et surtout des genoux. La bande verte peinte sous les yeux est aussi un caractère d'extrême antiquité. Les deux figures d'homme appartiennent au même personnage; il se nommait *Sepa* et se qualifie *parent royal*. Sa femme se nommait *Nesa*, elle prend également le titre de *parente royale*.

On remarquera ensuite les quatre figures de l'intendant des domaines ruraux nommé *Skhem-ka*.

S 102. — Le représente assis; deux figurines l'accompagent;

ce sont sa femme, *la royale parente Ata*, et son jeune fils *Knem*.

S 103. — Nous le montre debout. Ces deux statuettes sont belles entre toutes, quant au modelé des jambes; aucune convention d'école n'y sacrifie encore la vérité à des traditions hiératiques, et la couleur qui recouvre la pierre calcaire s'est très-heureusement conservée sous les sables qui encombraient le tombeau.

S 105. — Est une charmante statuette en granit, du même personnage; les yeux, les cheveux et les accessoires avaient été seuls coloriés. Les caractères de ces figures et le style du tombeau où elles ont été trouvées doivent les faire rapporter à la cinquième ou à la sixième dynastie.

S 106. — Provient du même tombeau. Cette figure a des yeux en cristal de roche, ainsi que celle que nous décrirons à la salle civile du premier étage, et qui est la plus belle de toutes. Celle-ci nous conserve les traits d'un parent royal nommé *Hamsat*.

S 107. — Statuette du parent royal *Pahou-er-nowre*. La tête est surtout bien modelée. Elle provient du même tombeau que les précédentes.

B 1, 2. — Ces bas-reliefs, inachevés dans quelques parties, proviennent du tombeau d'un fonctionnaire d'un rang élevé, nommé *Totaa*. La pureté des lignes, surtout dans les profils, ne laisse rien à désirer. Le sceptre et le grand bâton que tient ce chef sont les insignes du commandement.

B 49, 50. — Bas-reliefs coloriés trouvés par M. Mariette dans le tombeau de *Méri*, *grammate royal en chef*, titre civil important. Leur finesse et leur belle conservation les rendent bien précieux; on remarquera le dessin de deux portes sculptées et une grande table d'offrande déposée devant *Méri*.

B 48. — Pierre employée dans une construction de la dix-neuvième dynastie au Sérapéum. C'était un débris d'un édifice beaucoup plus ancien. Elle porte un beau bas-relief qui représente le roi Menkehor, de la cinquième dynastie.

ESCALIER [1].

Sur le premier repos de l'escalier se trouve un des lions du Sérapéum; il été sculpté vers l'époque de Nectanébo. C'est le même roi qui est représenté dans la stèle du piédestal avec une série de divinités égyptiennes.

S 1176, 1177, 1178, 1179. — Ces quatre grands canopes d'albâtre ont été dédiés à Apis par le fils aîné de Ramsès méiamoun, nommé *Scha-em-tam*.

S 962. — Cette figure, trouvée également au sérapéum, représente une divinité qu'on appelle ordinairement Typhon. Son vrai nom égyptien paraît avoir été *Bes*. C'est un nain trapu et guerrier, portant, comme Hercule, la peau de lion : il a des yeux de taureau, et ses figures le mettent en rapport constant avec Apis.

Dans le socle est incrustée une bonne figure d'Apis sculp-

[1] Les tableaux qui sont suspendus dans l'escalier n'appartiennent pas au Louvre. Ce sont des calques faits par MM. Bertrand et Joret, à Biban el Molouk, sur le tombeau de Ramsès Ier. Dans la paroi de gauche, en montant, on voit : 1° le roi Ramsès Ier adorant le scarabée, symbole du Créateur; 2° Osiris sur son siége de juge infernal; le roi lui est amené par les dieux *Horus* et *Toum*, et par la déesse *Neit*. Dans la paroi de droite, le soleil, figuré par un homme à tête de bélier, vogue dans sa barque; le serpent exprime, par ses ondulations, la route de l'astre qui traverse la région des âmes. Le second tableau contient la suite du même sujet. La scène suivante nous montre le roi Ramsès entre les dieux protecteurs de l'âme, Horus et Anubis.

Dans les deux petits tableaux, le roi est représenté adorant les dieux *Ptah* et *Nofre-Atmou;* les déesses *Ma*, ou Justice, se tenaient à droite et à gauche de la porte qu'accompagnaient ces deux tableaux, pour y recevoir le roi défunt.

Les auteurs de ces beaux calques ont obtenu la permission de les exposer au Louvre, dans le musée égyptien. Ils donnent l'idée la plus exacte de la décoration d'un tombeau royal de la dix-neuvième dynastie.

tée en creux, S 995, qui porte le titre ordinaire : *Apis, seconde vie de Ptah.*

Sur le palier en face de l'escalier, sont placées trois statues :

A 73. — Statue de *Sihésis, grammate royal, intendant des greniers*, dix-neuvième dynastie.

A 67. — Statue naophore en granit rose.

Iouiou, fils d'*Ounnowre*, et comme lui grand prêtre d'Osiris à Abydos, sous le règne de Ramsès II. Les cartouches de ce roi sont gravées sur la statue en plusieurs endroits. *Iouiou* tient devant lui un naos dans lequel se trouve la figure d'Osiris.

A 90. — Au milieu se trouve une statue en granit noir, repolie et retouchée par une main moderne : une belle inscription gravée derrière cette figure nous apprend qu'elle représentait un commandant des provinces du Midi nommé *Ensa-hor*. Il vivait sous le roi Ouaphrès (vers 585 av. J. C.); il tenait sur ses genoux une triade divine, composée de *Cnoum, fabricateur des dieux et des hommes*, et des déesses *Sati* et *Anouke;* ce sont les déesses d'Éléphantine, où sans doute *Ensa-hor* résidait pour exercer son commandement.

Derrière cette figure, dans la niche, est une Isis romaine en marbre. Elle n'a d'égyptien que certains attributs et l'intention d'imiter le style hiératique des prêtres de Memphis.

Les deux sarcophages en basalte qui sont auprès de ces statues proviennent de la belle collection de Clot-Bey; ils appartiennent au dernier style des Saïtes.

Le plus grand fut destiné à un nommé *Teskertes* (nom qui paraît étranger à l'Égypte[1]). Sur la poitrine, un disque solaire déverse ses rayons sur l'épervier à tête humaine qui représente l'âme. A droite et à gauche, les déesses Isis et Nephthys lui tendent les voiles enflées, symbole du souffle de la vie. Au-dessous, le scarabée; à droite et à gauche, sur les flancs, les quatre génies funéraires, protecteurs des entrailles. La décoration est complétée par une série des dieux célestes adorés par le défunt. Aux pieds, les chacals, *guides des chemins célestes.*

[1] Sans doute un Grec nommé *Tisicratès*.

A l'intérieur du sarcophage, sont figurées les deux déesses du ciel et de l'enfer.

Le second sarcophage était destiné à une dame nommée *Tent-hapi*. La gravure en est encore plus fine, et les légendes extrêmement soignées témoignent de la patience des artistes égyptiens. Le disque rayonnant, qui réchauffe l'âme humaine, occupe comme d'ordinaire la place de la poitrine. Au-dessous, le scarabée, symbole mystérieux de la renaissance divine, semble compléter le sens de cette promesse d'immortalité. Les déesses Isis et Nephthys, sœurs d'Osiris, tendent à droite et à gauche les voiles enflées, symbole de l'haleine vitale. La légende gravée auprès d'Isis explique hautement le sens de l'action de ces déesses : *Je viens à toi, je suis près de toi*, dit la déesse, *pour donner l'haleine à tes narines, pour que tu respires les souffles sortis du dieu Atmou* (le soleil couchant), *pour réjouir ta poitrine, pour que tu sois déifié; que tes ennemis soient sous tes sandales, et que tu sois justifié dans la demeure céleste*. Sous cette scène, on voit la défunte devant le juge infernal; les chacals, guides des chemins du nord et du midi, reposent à ses pieds, comme pour diriger ses pas dans le séjour des âmes. Sur les flancs, la défunte est placée devant deux longues rangées de dieux célestes. Derrière elle, on voit son âme sous la forme de l'épervier à tête humaine ; elle porte à son cou la croix ansée, symbole de la vie éternelle. Les serpents qui ornent les bords du sarcophage figurent, par leurs longs replis, les pérégrinations que l'âme doit subir dans la région infernale.

Le dessous du couvercle est orné de la figure ordinaire de la déesse du ciel. Le fond de la cuve porte au contraire la déesse de l'*Amenti*, séjour des morts, et le dessous de cette cuve elle-même porte une inscription admirablement gravée : c'est une prière de la défunte.

Sur le palier, entre les colonnes, on voit la statue en albâtre de Ramsès-Meï-Amoun; la partie supérieure est une restauration moderne. Autour de cette statue sont des pyramides votives.

Les grandes pyramides étaient les tombeaux des rois; mais

leur exacte orientation avait fait supposer qu'on les avait mises en relation avec le culte du Soleil. Nos pyramides votives confirment ces caractères. Le principal personnage est ordinairement figuré en adoration, la face tournée vers le midi : à sa gauche sont les formules d'invocation au Soleil levant, et à sa droite des formules analogues adressées au Soleil couchant. Ces dispositions varient de diverses manières, mais toujours en rappelant l'orientation des monuments. On peut étudier comme exemples les pyramides suivantes :

D 14. — Pyramide en granit rose, sculptée sur deux faces.

Un scribe royal, *Anaoua* de Memphis, et sa sœur *Aoui*, sont en adoration devant le Soleil : une des faces sculptées est orientée au midi, l'autre au nord.

D 21. — Pyramide en pierre calcaire, sculptée sur les quatre faces.

Face principale : le dieu *Ra* ou soleil, forme humaine à tête d'épervier, est sur son trône. Il tient le signe de la vie et le sceptre divin. Sa légende lui donne le nom de *dieu des deux horizons, seigneur du ciel*. C'était la face méridionale.

La seconde face montre le dédicateur nommé *Piaï* adressant son hommage *au soleil levant*, comme l'explique la légende.

La face suivante fait voir le même personnage dans un naos. Son âme se trouve à gauche, sous la forme d'un épervier à tête humaine, les bras élevés en signe d'adoration. Le ciel nocturne était censé la demeure des âmes.

La quatrième face, ou celle de l'ouest, est occupée par le dieu funéraire, Anubis, sous la forme d'un chacal; il est surmonté par les symboles de l'espace et du temps.

Les autres pyramides sont toutes décorées de sujets analogues à ceux que nous venons de décrire.

Auprès des pyramides sont rangées des tables à libation, sortes de bassins en pierre de diverses formes. On y a sculpté ordinairement des objets d'offrande et quelques prières adressées aux dieux par le dédicateur.

Les deux beaux bassins de granit noir, de forme circulaire, proviennent des fouilles du Sérapéum; l'un d'eux porte les cartouches de Ptolémée Philadelphe.

SALLE HISTORIQUE.

Champollion avait classé les monuments égyptiens réunis dans le musée Charles X sous les titres de : 1° Salle des dieux, 2° Salle civile, 3° Salles funéraires. Tout en respectant cet ordre excellent, nous avons subdivisé les monuments civils, en faisant une section spéciale pour les monuments historiques, c'est-à-dire pour les objets dont le principal intérêt se rapporte à la série des événements publics. Les progrès de la science ont rendu ces objets plus nombreux aujourd'hui qu'à l'époque de Champollion. Mais la dimension des salles n'a pas permis de suivre toujours exactement ces principes ; des inscriptions placées dans chaque armoire indiquent la division à laquelle se rapportent les objets qu'elle contient. La salle historique est la première qui se présente en sortant de l'escalier.

Sur la cheminée est placée une statuette d'un travail très-fin ; la matière est une sorte de stéatite jaune qui prend un beau poli. Elle représente Aménophis IV, un des derniers rois de la dix-huitième dynastie. Ses traits étaient loin d'être beaux. On a cherché sa ressemblance avec soin, car on reconnaît facilement le même profil sur les grands bas-reliefs sculptés par ses ordres en divers endroits. C'est ce roi qui voulut détruire le culte d'Amon et fit effacer le nom de ce dieu sur les monuments de Thèbes.

Les deux sphinx de bronze qui sont à droite et à gauche de cette figure paraissent représenter le roi saïte Ouaphrès.

Les colonnes tronquées qui ornent la salle portent : l'une, la statuette du roi Psammétik II, en basalte vert ; l'autre, un vase d'albâtre qui a servi d'urne funéraire à un membre de la famille *Clodia*. C'était originairement un vase égyptien du dixième siècle avant notre ère. Un prêtre du dieu Amon l'avait fait décorer des cartouches royaux d'Osorkon Ier, de la vingt-deuxième dynastie.

Une troisième colonne porte un canope de la tombe d'Apis, marqué aux cartouches de Ramsès-Meïamoun.

ARMOIRE A.

Les principaux objets de cette armoire sont, dans le bas, plusieurs stèles provenant du sérapéum.

S 1907. — Cette stèle est entièrement peinte à l'encre rouge.

Le roi *Pichaï* y est figuré adorant un Apis de forme humaine, à tête de taureau, la deuxième année de son règne. Ce roi, que les stèles du sérapéum ont fait connaître pour la première fois, fut le successeur de Scheschonk III (vingt-deuxième dynastie), vers le milieu du neuvième siècle.

S 1959. — Cette stèle consacre la mémoire d'un Apis, né l'an 11, et mort l'an 37 de Scheschonk IV, fils du roi Pichaï. Ce dernier Scheschonk n'est également connu que par les stèles du sérapéum.

S 2252. — Nous fait connaître un prince, Psammétik, fils d'Amasis et d'une reine nommé *Tentchéta*, dont le nom était également inconnu avant la découverte de cette stèle. C'est probablement ce même prince qui ne régna que quelques mois avant l'invasion des Perses, et fut le troisième roi du nom de Psammétik.

Les autres inscriptions de cette armoire portent toutes des

dates ou des noms royaux intéressants à étudier pour l'archéologue.

Dans le corps de l'armoire, sur la première tablette, le milieu est occupé par une figure fruste en basalte vert. C'est évidemment un portrait de roi ; mais les cartouches qui étaient sans doute sur le socle ont disparu avec la partie inférieure de cette belle statuette, qui paraît être du meilleur style saïte.

Les figures en schiste noir sont des images funéraires du prince *Scha-em-tam*, fils aîné de Ramsès II. Elles sont accompagnées de quelques figures de personnages de la même époque.

Deux vases d'albâtre finement gravés sont sur la même rangée ; l'un porte les cartouches du roi Nékao (vingt-sixième dynastie); l'autre, le nom de la reine *Amen-meri*.

Sur la seconde tablette, au milieu, trois têtes royales ; les personnages dont elles retracent le portrait ne nous sont pas connus d'une manière certaine. La figure en bois émaillé ressemble au profil de Ramsès II, et la tête de bronze à Ramsès III.

Les statuettes funéraires en grès rouge appartiennent encore au prince *Scha-em-tam*.

La figurine en faïence, d'un bleu éclatant, est une des figurines funéraires trouvées dans le tombeau du roi Séti Ier, ouvert par Belzoni. Nous considérons ce roi comme le chef de la dix-neuvième dynastie, vers le commencement du quinzième siècle.

Sur la troisième tablette, au milieu, sont plusieurs morceaux en faïence bleue provenant de la tombe d'Apis. L'emblème nommé *Tat* porte le cartouche de Ramsès VIII. Les vases sont marqués aux cartouches des autres rois de la vingtième dynastie. Deux de ces vases portent les noms d'un nouveau roi de cette même famille nommé *Ramsès-si-Ptah*.

Parmi les stèles de cette tablette on remarque une inscription cursive du temps du roi *Necht-har-Hébi* et une stèle du roi Scheschonk IV, où il est indiqué comme *fils de Pichaï*.

Sur la tablette la plus élevée sont : 1° un vase de la vingtième dynastie ; 2° une figure funéraire de Ramsès III (même dynastie); 3° une figure fruste en granit rose; elle appartenait au roi Aménophis III (dix-huitième dynastie) et porte son cartouche.

ARMOIRE B.

Dans la partie inférieure, un bas-relief en pierre calcaire nous a conservé les traits du prince *Scha-em-tam*, fils aîné et favori de Ramsès Meïamoun. Ce prince, fils de la reine Isinofre et grand prêtre de Ptah à Memphis, fut très-zélé pour le culte d'Apis, et nous lui devons de nombreux monuments. Ce profil bien caractérisé nous permet de constater qu'on a toujours cherché, avec plus ou moins de succès, à reproduire sa ressemblance dans les figurines qui portent son nom.

Au-dessus de ces bas-reliefs, un sphinx en bronze représentant le roi *Ouaphrès* (Apriès d'Hérodote); les cartouches de ce roi sont sculptés sur les épaules, mais ils sont difficiles à distinguer, car ils sont cachés sous une inscription fausse gravée plus tard sur les flancs du sphinx.

Sur la première tablette on voit une statuette en bronze autrefois ornée d'une riche damasquinure en or qui relevait la gravure des vêtements et du collier. L'inscription du socle nous apprend que cette figure représente la reine *Keramama*, épouse de Takelothis Ier (vingt-deuxième dynastie).

Diverses figurines de bronze représentent des rois qu'on n'a pas encore identifiés.

Sur cette même tablette on voit un petit vase d'albâtre qui porte le nom d'une princesse dont l'époque n'est pas connue. Elle s'appelait *Nouv-em-techou*. Le sens de ce nom est exactement notre locution : *Valant son pesant d'or*.

Une sorte de bouteille plate en faïence verte, de la forme des eulogies, porte les cartouches d'Amasis (vingt-sixième dynastie).

Plus haut, un petit volet provenant d'une chapelle portative, en bois doré et émaillé, montre le même roi en adoration devant Horus. L'autre fragment de bois, de forme analogue, est un souvenir, presque unique dans la science, du roi Pétusbastes (vingt-troisième dynastie, vers la fin du neuvième siècle).

Le vase de pierre dure, placé plus haut, est gravé aux cartouches d'Aménophis Ier (au commencement de la dix-huitième dynastie).

ARMOIRE C.

Parmi les objets très-divers qui sont dans le bas de cette armoire, nous ferons remarquer une stèle où la reine *Ahmes-nofre-ari* est adorée. Cette princesse, épouse du roi Ahmosis, qui expulsa les pasteurs à la fin de la dix-septième dynastie, joua sans doute un grand rôle à cette époque si critique pour l'Égypte; en effet, elle fut l'objet d'une vénération dont on trouve les traces pendant plus de cinq cents ans après sa mort.

Le coffret rectangulaire, en faïence verdâtre, est une boîte à jeu; le dessus est divisé en cases régulières sur lesquelles les pions marchaient d'après certaines règles. Les côtés sont ornés des cartouches de la reine *Ha-t-Asou*, fille de Toutmès Ier et régente après sa mort.

On trouve les noms de cette même princesse sur tous les petits objets en bois, tels que traîneaux et modèle de hoyaux, qui sont sur la même tablette; il est à présumer que tous ces petits objets proviennent de son tombeau.

Le vase d'albâtre porte le cartouche du roi Népherkérès, de la cinquième dynastie.

Les divers fragments de figurines en faïence bleue proviennent tous de la tombe de Séti Ier.

Dans le corps de l'armoire on a disposé une collection des cartouches des souverains d'Égypte, gravés ou peints sur des objets d'un petit volume qui permît de les ranger en un ordre chronologique non interrompu.

Le premier est le cartouche de Ménès, gravé sur une feuille d'or; mais l'authenticité du monument est fort douteuse. Cette collection s'enrichit chaque jour; la douzième dynastie est presque complète, malgré sa prodigieuse antiquité. Le dernier cartouche est celui d'Antonin, gravé sur un scarabée en marbre.

Au-dessus de la série des noms royaux est un chevet en ivoire, qui porte le cartouche du roi Népherkérès, cinquième dynastie; deux vases d'albâtre l'accompagnent : l'un porte le nom du roi *Meïra*, sixième dynastie, et l'autre le nom de Népherkérès.

Dans le haut de l'armoire on remarque deux bas-reliefs qui représentent l'enfance de Ramsès II. Dans l'un, le roi est déjà adolescent; il est debout près d'un lion, son arc à la main; il porte encore la tresse de cheveux, signe distinctif que l'on quittait à l'âge viril.

Dans l'autre fragment, Ramsès II est un véritable enfant; il est déjà roi, comme le montrent la vipère qui surmonte sa coiffure et les titres gravés auprès de lui. Il est coiffé de la grosse tresse pendante et porte le doigt à sa bouche en signe d'enfance.

ARMOIRE D.

Cette armoire a reçu des objets de toutes sortes qui n'ont pu trouver place dans leurs séries. On y trouve : 1° un choix de petites stèles provenant du Sérapéum, quelques-unes sont dessinées aux deux encres, noire et rouge, avec une sûreté de main étonnante;

2° Les cônes en terre cuite : on ne connaît pas bien la destination de ces objets; la partie la plus large porte ordinairement le nom, les titres et la généalogie d'un personnage défunt; quelques-uns sont utiles pour l'histoire par ces inscriptions.

3° Des tessons de vase, des cailloux et des fragments de pierres couverts d'écriture hiératique. Ils ont servi de matériaux pour écrire, sans doute à cause du prix élevé du bon papyrus. On y trouve habituellement des prières funéraires et quelquefois des documents civils.

Le fond de l'armoire est occupé par des boîtes de momie.

BOITES DE MOMIE E, F.

Ces deux boîtes de momie sont une des plus précieuses acquisitions du musée égyptien du Louvre. Ce sont deux cercueils royaux qui ont appartenu à des rois de la onzième dynastie. Le premier, E, est fort simple; il semblerait avoir été improvisé. Le cartouche peint sur la poitrine a été évidemment ajouté lorsque la boîte était déjà peinte et décorée. L'inscription sur le devant est une courte allocution de la demeure funéraire qui va recevoir le roi défunt.

Le cercueil, F, est au contraire assez richement orné; il était entièrement doré, et les yeux sont incrustés en émail.

Toute la décoration se compose de grandes ailes qui enveloppent tout le corps du roi défunt. L'inscription se compose d'abord d'un hommage au dieu funéraire Anubis. Après cette prière vient la mention curieuse que ce cercueil a été dédié au roi *Antew, l'aîné*, par son frère le roi Antew. Il semble que les deux cercueils aient été destinés au même roi; ils ne s'emboîtent pourtant pas l'un dans l'autre. Le cercueil doré ne serait-il qu'un cénotaphe, ou bien un hommage adressé au roi Antew l'aîné par son frère, qui aura trouvé le premier cercueil trop mesquin? C'est ce que je n'oserais décider.

La famille des Antew est la première dynastie *thébaine*, elle précède immédiatement la douzième dynastie, dans l'ordre des temps. Ces cercueils, et un troisième que possède le musée britannique, ont été trouvés avec le tombeau de ces rois, dans la montagne funéraire voisine de Thèbes. Ces cercueils royaux sont donc d'une authenticité parfaite et d'une prodigieuse antiquité.

VITRINE H.

Le Louvre est riche en bijoux égyptiens présentant un intérêt historique.

La coupe d'or porte le cartouche de Thoutmès III, dix-huitième dynastie.

Les bijoux trouvés dans la tombe d'Apis ont été dédiés par le prince *Scha-em-Tam*, comme *ex voto*, dans les chambres qu'il avait fait construire en l'honneur d'Apis. Les grands personnages du même temps ont aussi dédié quelques-uns de ces bijoux.

La plaque découpée à jour, qui est au centre, est une sorte de pectoral. Un urœus et un vautour les ailes étendues représentent les déesses du ciel du Nord et du Midi; l'épervier à tête de bélier est une des formes du soleil. Il est surmonté du cartouche de Ramsès II, qui nous donne la date précise de ces bijoux. Celui-ci est en or incrusté de pâtes de verre dont le temps a altéré les couleurs.

A gauche est un épervier les ailes étendues; il porte également une tête de bélier. Cette tête est un chef-d'œuvre de ciselure. Tout le corps de l'épervier est couvert de petites plumes en lapis, cornaline ou feldspath vert, incrustées dans de petites cloisons d'or.

A droite, un épervier les ailes étendues; même travail que le précédent

Le gros scarabée en lapis, monté sur un pectoral d'or, provient de la même trouvaille; à droite et à gauche les déesses Isis et Nephthys sont représentées en adoration; l'émail a disparu de ces figures.

Une plaque de serpentine verte revêtue d'or a été dédiée par *Psar*, un des principaux officiers de Ramsès II. C'est ce que nous apprend l'inscription gravée au-dessus du scarabée. Le revers porte une inscription gravée avec une délicatesse infinie.

C'est le même personnage qui avait aussi dédié la petite colonne en feldspath vert garnie d'or et le gros scarabée de feldspath vert.

Les cornalines rouges de diverses formes portent les noms du prince *Scha-em-Tam* et du même *Psar*.

Tels sont les bijoux que savaient faire les contemporains de Moïse. On voit que l'art de ciseler l'or, d'y incruster les pierres fines et de graver les matières les plus dures était porté au plus haut degré de perfection au moment où les Israélites habitèrent l'Égypte.

Il faut encore citer le sceau du roi Horus, de la dix-huitième dynastie; il porte les titres ordinaires de ce roi, et, sur le côté, un lion passant du plus admirable style.

Une autre bague d'or, à chaton rectangulaire, porte le prénom d'Aménophis II.

Une bague d'or, d'une forme singulière, porte sur son chaton deux petits chevaux en ronde bosse. On peut y voir un souvenir des deux chevaux de Ramsès II; ce prince les avait consacrés au Soleil, en souvenir de sa victoire, au retour de sa première campagne en Asie.

Le vase de cristal de roche provient du cabinet de M. Bourgeois. Il est précieux pour l'histoire comme étant le seul objet qui ait conservé le nom d'un roi égyptien, qui se lit *Rotamen-Meïamoun*. On ne connaît pas son époque.

VITRINES I, J, K, L, M

Elles sont remplies de figurines funéraires trouvées dans les tombeaux successifs des divers Apis. Elles représentent, en général, des personnages importants de Memphis, dont l'époque se trouve précisée par celle de l'Apis auquel ils rendirent hommage en faisant déposer leur figurine dans son tombeau.

Les belles figurines à fond blanc de la vitrine M appartenaient au même *Psar* dont nous avons parlé tout à l'heure et qui paraît avoir joué un rôle très-important au commencement du règne de Ramsès II.

VITRINE N.

Elle contient des objets très-divers, mais presque tous portant le nom d'un souverain. La boîte d'ivoire est d'une excessive antiquité, puisqu'elle porte la légende royale de *Méri-en-ra*, qui se place vers la sixième dynastie. On y remarque plusieurs objets intéressants qui ont appartenu à la reine *Taia*, épouse d'Aménophis III, dix-huitième dynastie; tels que le bracelet de terre émaillée et l'étui de la même matière. Plusieurs gros scarabées du même règne présentent la circonstance, malheureusement trop rare, d'avoir été gravés en mémoire d'un événement important. L'un rappelle le mariage d'Aménophis III avec *Taia*, fille d'*Ioua* et de *Taoua*; il constate que les frontières de l'empire égyptien s'étendaient alors jusqu'en Mésopotamie. Un autre scarabée a été gravé pour constater le compte des chasses du même roi, qui avait tué de sa main douze lions jusqu'à l'an dix de son règne.

VITRINE O.

Tous les scarabées de cette vitrine portent des noms royaux; quelques-uns ne sont pas encore identifiés; mais plus de la moitié appartiennent à Toutmès III, qui fournit à lui seul plus de scarabées que tous les autres rois ensemble. Sa légende fut reproduite sur les scarabées jusqu'à des époques très-récentes, soit par vénération pour la personne de ce roi, soit à cause du sens mystique qu'elle présentait.

VITRINE P.

Elle contient encore quelques objets d'un intérêt historique. Trois petites stèles de bois rappellent les exploits d'Aménophis Ier. Ce roi y est figuré terrassant ses ennemis ou les saisissant par les cheveux pour leur trancher la tête. Plusieurs fragments de vases portent des noms de rois. Deux plaques carrées, en terre émaillée, sont ornées de la légende de la régente, fille de Toutmès Ier. Deux cailloux portent des inscriptions datées de la vingtième dynastie.

Une inscription, très-finement gravée sur un grès rose, formait le dos d'un petit groupe. Elle rappelle la mémoire de la reine Isinofre, première épouse de Ramsès II, qui figurait dans le groupe avec ses deux fils, les princes *Ramsès* et *Scha-em-Tam*.

SALLE CIVILE.

Cette salle est consacrée aux monuments de la vie privée des Égyptiens. La cheminée est occupée par quatre vases d'albâtre. Au milieu, une tête de statue en pierre calcaire, peinte en rouge, attire les regards et saisit par le profond caractère de vérité qui est empreint sur les traits un peu vulgaires de l'Égyptien qu'elle représente. La parfaite simplicité de ce morceau nous engage à l'attribuer au premier art égyptien, aux artistes antérieurs aux pasteurs.

Nous n'en sommes pas réduits à des conjectures pour la figure du scribe accroupi, placé au milieu de la salle; elle a été trouvée dans le tombeau de *Skhem-ka* avec les figures réunies dans la salle des plus anciens monuments. Elle appartient donc à la cinquième ou à la sixième dynastie. La figure est pour ainsi dire parlante; ce regard qui étonne a été obtenu par une combinaison très-habile. Dans un morceau de quartz blanc opaque est incrustée une prunelle de cristal de roche bien transparent, au centre de laquelle est planté un petit bouton métallique. Tout l'œil est enchâssé dans une feuille de bronze qui remplace les paupières et les cils. Les sables avaient très-heureusement conservé la couleur de toutes les figures de ce tombeau. Le mouvement des genoux et le dessin des reins sont surtout remarquables par leur justesse; tous les traits de la figure sont fortement empreints d'individualité; il est visible que cette statuette était un portrait.

ARMOIRE A.

Le bas de cette armoire renferme des fragments de meubles. Les formes généralement adoptées pour les pieds de lits, tables et fauteuils, étaient les pieds de lions, de taureaux ou de gazelles. Les têtes d'oies du Nil, de gazelles ou de bouquetins décoraient les bras des fauteuils ou des pliants. On a trouvé des fragments de meubles qui ont dû être extrêmement riches; un bâton orné alternativement de cylindres en faïence bleue et en bois doré est également un fragment de meuble. Le meuble le plus curieux du musée est le fauteuil orné d'incrustations en ivoire que sa grandeur a obligé de placer hors rang, avec les boîtes de momies, dans la salle funéraire. Il avait un fond tressé, dont on possède encore les débris. Dans le bas, on voit les tabourets et les pliants, ainsi qu'une grande natte de jonc servant de lit. Un petit modèle de lit fort simple ne donne pas une idée des lits bien plus riches que l'on voit souvent figurés dans les peintures.

Dans le corps de l'armoire sont des statuettes de diverses époques. Le groupe en bois placé au milieu a beaucoup souffert, il est du plus beau style de la dix-huitième dynastie. La figurine du scribe accroupi, en basalte vert, est d'un style plus récent; l'inscription le nomme *Aï*, fils d'*Hapi*.

Une charmante figurine en bois représente une femme vêtue de la longue robe collante; elle est placée sur son socle antique, et l'inscription nous apprend qu'elle se nommait *Naï*.

Dans le fond de cette tablette on voit un moule en pierre calcaire; la figure qu'il servait à mouler était celle d'une pleureuse funéraire.

Sur la seconde tablette se trouve une figure très-curieuse qui paraît être en bois de cèdre; c'est la statuette d'un homme qui porte dans la main gauche un panier. Son socle est antique, les inscriptions ainsi que le style de la figure montrent que c'est un produit de l'art du premier empire égyptien. Les yeux sont en émail et incrustés avec beaucoup de soin; la tête est rase, mais elle a pu être complétée par une perruque.

La tablette supérieure contient des statuettes en pierre.

ARMOIRE B.

Le bas de cette armoire contient des vases de terre jaunes et rouges. Il en est d'une solidité et d'une légèreté remarquables, surtout dans les terres jaunâtres.

Sur la tablette sont des étoffes et des vêtements trouvés dans les tombeaux. Une sorte de tunique teinte en pourpre et une autre teinte en jaune sont des échantillons très-rares des belles teintures antiques. D'autres beaux fragments sont de nuance rouge ou orange; toutes ces couleurs sont teintes sur laine. Les galons et les broderies présentent des rapprochements curieux avec ceux qui sont encore en usage en Orient. Les étoffes transparentes, sorte de mousseline grossière, servaient aux premiers vêtements des hommes et des femmes, comme nous l'enseignent les peintures. Le lin est sans exception la matière de ces étoffes, ainsi que celles des belles toiles de momies. On n'en a pas encore retrouvé en coton.

Dans le corps de l'armoire, le premier compartiment est rempli de vases et ustensiles de bronze. On y remarque une série de petits seaux couverts de figures de divinités. Parmi les seaux à libations, le plus grand est un don de Clot-Bey. La principale des représentations qui y sont gravées se compose habituellement d'un sycomore entre les branches duquel apparaît la déesse de l'éther céleste. Elle verse l'eau divine à l'âme d'un défunt qui la reçoit à deux mains pour la boire. Les légendes expliquent que cette eau doit la revêtir d'une nouvelle jeunesse.

Un autre vase de bronze montre sur sa panse, dans un petit bas-relief, un psylle qui enchante un serpent. Parmi les ustensiles, on remarquera une lampe qui a la forme d'une gazelle renversée sur le dos.

Dans les compartiments suivants, sont disposés les vases de verre et les vases de terre cuite de diverses sortes. Parmi les faïences vertes et bleues, la palme appartient à un fragment de rhython, en pâte bleue, qui rappelle le style assyrien. Un lion, la gueule béante, tient entre ses pattes de devant un petit quadrupède dont la tête est brisée. Les yeux sont en pâte de verre avec une feuille de métal; des petits trous dans les gencives montrent qu'on y avait aussi rapporté des dents d'une autre matière. Les faïences couvertes d'émail bleu présentent des nuances vives et variées; deux longues fioles sont d'une pâte particulièrement fine. L'une, gros bleu, est cassée, et le vernis s'est soulevé; l'autre, vert céladon, s'est admirablement conservée.

Les bouteilles, en forme de gourdes plates, sont analogues aux eulogies chrétiennes; leur goulot est formé d'une fleur de lotus, et leurs petites anses de deux singes cynocéphales. C'était peut-être des cadeaux du nouvel an, car les inscriptions portent toutes un souhait de bonne année.

Parmi les objets en verre, il faut revendiquer pour l'Égypte la première fabrication des verres ornés d'ondulations de diverses couleurs, quoiqu'on en trouve de semblables dans les tombeaux grecs et romains. En effet, on remarque dans les peintures de l'ancien empire une foule de modèles de ces jolis vases avec les couleurs les plus variées.

ARMOIRE C.

Le bas est occupé par divers vases de terre cuite. Sur la tablette, d'autres échantillons d'étoffes, tels qu'une sorte de brassière, des étoffes brodées, des peluches, des étoffes légères et des échantillons de toiles de momie, dont quelques-unes sont de la plus belle fabrication.

Dans le corps de l'armoire est une riche collection de plateaux, de coupes et d'autres vases en albâtre, qui présentent la plus grande variété de formes élégantes. Les vases en pierre dure sont disposés au milieu; on y trouve des échantillons de porphyre violet, vert, noir et blanc, de feldspath vert, de lapis lazuli, de granit rose et d'autres roches égyptiennes. Les matières les plus dures ont été évidées jusqu'à donner à ces vases une extrême légèreté.

ARMOIRE D.

Le bas contient des objets en sparterie de toutes sortes.

L'art du vannier était exercé avec une grande habileté chez les Égyptiens. Divers joncs, des fibres de papyrus et des feuilles de palmiers forment les matériaux de ces ouvrages.

Une boîte destinée à renfermer des vases de toilette peut donner une idée de l'habileté de leurs ébénistes.

De petits coffrets analogues sont dans le corps de l'armoire qui est, en général, consacrée aux objets de toilette. Les Égyptiens faisaient un grand usage de bois précieux; ils avaient soin d'en imposer une certaine quantité comme redevance aux peuples tributaires.

Sur la première tablette on voit d'abord les peignes égyptiens. Mais les plus beaux de ces peignes ont dû être classés dans la galerie assyrienne, car nous avons constaté, par le style et les sujets habituels de leurs ornements, que ces peignes, quoique trouvés dans les tombeaux d'Égypte, provenaient d'Assyrie. La mode, déjà souveraine dans ces temps reculés, les avait imposés aux dames égyptiennes. Le peigne orné d'un bouquetin qui met un genou en terre représente un sujet familier aux Égyptiens.

Les petits pots et étuis de diverses formes, en bois ou en terre émaillée, servaient à mettre les ingrédients nécessaires à la toilette égyptienne. Le principal était le noir d'antimoine destiné aux yeux; les aiguilles de bois, de pierre ou d'ivoire, terminées en massue, avaient la forme convenable pour ne pas blesser les paupières dans cette délicate opération. Les petits pots ont tantôt la forme d'une colonne, tantôt celle d'un nœud de roseau qu'on imitait en terre émaillée. Le dieu monstrueux nommé *Bès*, qui, à ce qu'il paraît, présidait, malgré sa laideur, à la toilette des dames, forme aussi très-habituellement le principal motif de la décoration de ces petits ustensiles. Un charmant petit vase en terre émaillée verte est orné de lions qui alternent avec le dieu *Bès*, lequel est représenté dansant.

Le nom des ingrédients que devaient contenir les petits vases y est quelquefois écrit. — Sur une petite boîte à quatre compartiments, outre le stibium, on trouve les indications suivantes : *pour arrêter le sang, pour ôter la douleur*.

Les perruques et les fausses tresses étaient très-usitées dans ce pays, où la chaleur engage naturellement à se raser la tête. On voit ici un échantillon de ces tresses : notre musée ne possède pas de perruques entières.

Sur les tablettes supérieures sont les chaussures égyptiennes. Il y avait des brodequins et des sandales en peau très-forte pour les hommes, et des brodequins très-légers en maroquin blanc destinés à un pied féminin. Les sandales offrent la même variété; plusieurs paires fraîches et élégantes sont tressées avec du papyrus mélangé avec des matériaux de diverses couleurs. Les unes sont toutes plates, d'autres ont un petit rebord, qui ne cachait pas les doigts du pied.

Une paire de pantoufles en maroquin rouge est décorée de dorures; une découpure d'un joli dessin s'étendait sur le dessus du pied.

On voit aussi des chaussures d'enfant, ce sont des brodequins ou de légères sandales.

ARMOIRE E.

Le corps de cette armoire est occupé par une collection des fruits et des grains trouvés dans les tombeaux. Le fruit du baobab provenait sans doute des hautes régions du Nil, car cet arbre n'est pas figuré dans les peintures égyptiennes, et il est difficile de croire qu'il ait existé en Égypte. On a mis dans le bas de ce compartiment les hoyaux égyptiens, habituellement en bois d'ébène jaune; le bois suffisait ordinairement pour cultiver le léger limon du Nil. Les peintures sur enduit, enlevées d'un tombeau de Thèbes, représentent des scènes agricoles. Dans le bas on voit le labour exécuté par une charrue tirée par quatre esclaves (plus habituellement on voit un attelage de bœufs). D'autres hommes fouillent la terre avec le hoyau.

Au-dessus, on a peint la moisson, et une femme qui apporte des vivres aux ouvriers.

Le registre supérieur montre les bœufs qui foulent les grains : des hommes apportent les gerbes dans de grands filets suspendus à des perches.

Dans le second tableau on charge un grand bateau avec les grains pour les conduire aux greniers.

Le tableau supérieur représente une suite de serviteurs qui apportent au maître les produits de ses champs.

VITRINE F.

Manches de divers sceptres ou instruments en os et en ivoire.

Griffes d'un lion trouvées dans un tombeau.

Les mains et les bras appareillés, de bois ou d'ivoire, semblent destinés, comme les castagnettes, à marquer la mesure en accompagnant le chant. Une grande paire, en ivoire, est ornée de la tête de la déesse Hathor. Un autre fragment plat, en ivoire, est orné de diverses figures gravées dans un style qui ne paraît pas purement égyptien.

VITRINE G.

Emblèmes et attributs portatifs en bois. Le premier, terminé d'un côté par une main et à l'autre bout par une tête d'épervier, a la forme des porte-encens. Le bâton recourbé est la forme simple du sceptre royal.

Un chevet, en bois incrusté d'ivoire, est composé de deux parties qui se réunissent à volonté. C'est une disposition très-ingénieuse et destinée probablement aux voyages.

ARMOIRE H.

Dans le bas, divers instruments, tels que le bâton pour porter sur l'épaule deux seaux ou d'autres fardeaux, et des bâtons à coches qui semblent un instrument de tissage. On y voit aussi un petit matelas d'enfant rembourré avec un duvet semblable à celui du chardon.

Sur la tablette, collection de flèches de chasse; les bouts sont armés de pierres tranchantes.

Cannes et bâtons : quelques-uns portent des inscriptions intéressantes, telles que : *bon bâton pour soutenir la vieillesse*, avec le nom du propriétaire.

Dans le corps de l'armoire sont les instruments de musique. Ce sont des cornes, des cymbales et une trompette en bronze; un tambour et un petit tambour de basque; des luths et des harpes. L'une d'elles a conservé sa couverture en beau maroquin vert. On sait par les peintures des tombeaux que ces harpes étaient en usage dès l'époque de Moïse. L'étui à flûtes est un objet extrêmement rare, il est garni de deux flûtes en roseau; sa peinture montre la musicienne jouant des deux flûtes à la fois.

Une grande toile à franges tapisse le fond de l'armoire; les arcs y sont suspendus, ainsi qu'une béquille, une massue et une sorte de bâton courbé en bois pesant. Les Égyptiens chassaient au vol avec ce bâton; ils étaient assez adroits pour atteindre, avec ce projectile, les oiseaux d'eau à long cou qui s'envolaient devant eux. Ils ont souvent peint cette chasse qui paraît avoir été un de leurs divertissements favoris. Un projectile semblable, connu sous le nom de *bouměrang*, est encore en usage parmi certaines peuplades de l'Océanie.

VITRINE I.

Fragment de meuble incrusté d'émaux de diverses couleurs sur un fond de bois doré. Instruments divers. Rames d'une barque sacrée. Coudée égyptienne antique; elle a presque exactement cinq cent vingt-cinq millimètres. Chaque partie de la coudée a son nom et sa divinité protectrice. Les petits bâtons cylindriques sont des divisions exactes de la coudée; ils portent en général le nom de leurs propriétaires. Bâton pour la chasse au vol, forme aplatie.

VITRINE J.

Échantillons d'étoffes. Fils de chanvre, de lin et de laine. Résille tricotée en laine pourpre, en forme de la coiffure nommée *klaft*.

Fragment de galons et échantillons de tissus de toute sorte.

Aiguilles de bronze, fuseaux en faïence verte.

ARMOIRE K.

Dans le bas de cette armoire, un morceau de bronze très-pesant était destiné à un hoyau dont l'emploi exigeait un bras très-puissant.

Deux jolis chapiteaux en pierre peuvent servir à donner une légère idée des motifs si variés que les architectes égyptiens ont su employer à décorer le sommet de leurs colonnes.

Au milieu se trouve un modèle d'édifice qui semble un grenier.

Sur la tablette, un modèle de barque, des filets à pêcher, des cordes et ficelles, et plusieurs poupées en bois.

Dans le corps de l'armoire, le milieu de la première tablette est occupé par une boîte à jeu. Le dessus et les côtés sont décorés d'inscriptions: sur le petit côté, on voit le propriétaire de la boîte, nommé *Amen-mes*, qui dirige des pièces. Sur la tablette, au revers, les cases sont disposées de même, et quelques-unes ont leur nom écrit en hiéroglyphes. Ces noms semblent indiquer que le jeu aurait eu un sens astronomique. Parmi les statuettes et figures de cette armoire, on peut remarquer particulièrement une figurine en ivoire du plus ancien style; elle représente un enfant nu. Un beau masque de femme en granit rose, il appartient à l'école des Saïtes, suivant toute apparence, ainsi qu'une tête en basalte vert, qui est certainement un portrait. La figurine de femme nue, en bois, présente une exception assez peu commune : les femmes sont toujours vêtues d'une longue robe collante, qui laisse voir leurs formes. Une autre figurine de jeune fille nue, tenant sur son bras gauche un chat et se peignant de la main droite, était un manche de miroir. Le groupe du milieu appartient au style de la dix-huitième dynastie ; il représente *Amenemap* et sa femme *Ta-merou*.

Sur la seconde tablette, trois figures de bois finement sculptées dans le style de la dix-huitième dynastie.

VITRINE L.

Ce compartiment rassemble les échantillons des diverses variétés des faïences et des émaux et verres égyptiens. Cette industrie était extrêmement variée dans ses produits. Les boules creuses et les boîtes en faïence bleue sont de véritables tours de force du métier. On remarquera à la tête d'une série de pions de jeu, deux petits esclaves à genoux, les mains liées derrière le dos, dont l'un présente le type des nègres, et l'autre la physionomie asiatique. Ces pions faisaient peut-être partie de quelque jeu de combat. Les échantillons de verre coloré dans la masse montrent un travail très-avancé dans cette partie de l'art. On savait dessiner, dans l'épaisseur, des fleurs et autres objets à l'aide de filets d'émail. Une série de têtes grotesques en verre jaune et bleu appartient à une autre fabrication. Les portions de corps humain en pâte de verre de diverses couleurs ont été taillées pour servir à composer des bas-reliefs polychromes. Le fond de la vitrine rassemble une collection de pendants d'oreilles et d'anneaux brisés, en toutes sortes de matières, où se distingue encore particulièrement le beau quartz rouge opaque et ses imitations en pâte de verre.

VITRINES M ET N.

Petits objets en bois sculptés. Ce sont presque tous des objets de toilette. Les aiguilles de tête sont souvent ornées d'un singe assis. Le petit prisonnier nègre, les mains passées dans des menottes, paraît avoir été un ornement. Les boîtes de toilette présentent les formes les plus variées. Le plus joli motif se compose d'une jeune femme nue, allongée comme en nageant, et tenant dans ses mains une oie du Nil. Le corps de l'oiseau forme la boîte, qui se ferme par ses deux ailes. Le plus bel échantillon de ce genre de boîtes provient du cabinet de Clot-Bey. Une autre boîte se forme d'une gazelle qui a les pieds liés.

Les cuillers de toilette étaient destinées à délayer un ingrédient dans un peu d'eau. Leurs manches sont très-variés : tantôt c'est un eunuque portant une cruche, tantôt c'est une jeune fille qui joue du luth au milieu des lotus où les oiseaux se reposent. Un esclave amène un veau; une jeune Égyptienne coupe des lotus, une autre porte de gros bouquets, et des oiseaux d'eau; ou bien encore c'est un chien allongé qui tient une coquille dans sa gueule.

La collection du Louvre est extrêmement riche dans cette division, surtout depuis l'acquisition du cabinet de Clot-Bey. Notre industrie pourrait ici trouver quelques modèles à imiter.

VITRINE O.

Elle contient les petits objets en os et en ivoire. Ce sont des pions, des petits seaux travaillés dans une dent, et puis encore des objets de toilette. Une boîte ornée d'une belle tête de gazelle est toute en ivoire, sauf les cornes. Les cuillers de toilette se retrouvent ici avec diverses variétés. Toute une série de ces cuillers, de forme carrée, a le manche formé par une femme nue : elle diffère assez notablement du pur style égyptien. Ces objets peuvent venir de la Syrie. Sur quelques-uns on remarque la rosace, ornement assyrien. D'autres objets d'ivoire trouvés dans les tombeaux d'Égypte, mais portant toute l'empreinte du pur style assyrien, ont dû quitter les galeries égyptiennes pour être classés avec leurs analogues dans le musée Assyrien. C'étaient principalement des manches de poignards et de couteaux en ivoire que l'on importait ainsi en Egypte dans les temps antiques.

VITRINE P.

Une grande partie des objets d'or appartenant aux galeries égyptiennes a disparu en juillet 1830; mais il en reste encore suffisamment pour se faire quelque idée des bijoux usuels des égyptiens. Les chaînes d'or, travaillées en lacet, sont aussi souples que celles que peuvent faire nos meilleurs ouvriers d'Europe. Les colliers étaient souvent à plusieurs rangs; ils étaient composés d'objets symboliques, comme les poissons sacrés, les lézards, l'œil d'Osiris, les fleurs de lotus. Les fermoirs sont fermés d'un petit verrou qui tient très-solidement. La tête d'épervier servait souvent à décorer les extrémités des colliers, destinées à être attachées sur les épaules. Un charmant motif de chaîne, pour de petites pendeloques, se compose d'une série de vipères sacrées qui relèvent la tête : la pendeloque se termine par une tête de la déesse *Hathor*.

Une sorte de travail à grains, qui s'est perpétué longtemps en Asie, apparaît dans quelques objets et surtout dans une pendeloque d'or, qui représente un épervier, les ailes étendues.

Les objets d'argent sont rares; une petite égide de ce métal, à tête de lionne couronnée, est d'un beau travail. On peut aussi citer un collier composé d'yeux symboliques en argent, avec des grains du même métal, entremêlés d'objets en terre émaillée. Le petit épervier à tête humaine, représentant une âme, qui est au milieu de la vitrine, peut être cité comme un exemple de l'émail cloisonné à base d'or.

Les pierres dures étaient taillées avec une grande habileté ; des colliers entiers sont composés de pendeloques d'un quartz rouge opaque qui imite le corail et ne lui cède en rien pour l'éclat et la couleur. Une collection de pendeloques, en forme d'égides, ornées de la tête de la déesse *Maut*, en cornalines blanche et rouge, provient des fouilles du Sérapéum, ainsi que le petit Horus coiffé d'un grand diadème divin, taillé dans une superbe sardoine. Des pendeloques et des grains de collier de toutes matières montrent quelle variété de ressources possédaient les bijoutiers égyptiens.

VITRINE Q.

Les principales pièces de cette vitrine sont les bracelets en or, incrustés d'émaux. Ici, néanmoins, ce ne sont pas, à proprement parler, des émaux, ce sont des pâtes de verre taillés à l'avance et ajustés dans des cloisons d'or, comme des pierres fines. Parmi les débris d'émail qui subsistent, plusieurs imitent le lapis à s'y méprendre. Le dessin de ces beaux bracelets consiste en un lion et un griffon entre des bouquets de lotus. Le style est celui de la dix-huitième dynastie, autant qu'on en peut juger sur de simples ornements. Deux autres bracelets se composent de grains de lapis et de grains d'or, montés sur des fils d'or très-flexibles. Dans un troisième bracelet semblable, le quartz rouge s'ajoute à ces deux matières. La série des colliers en verre et en terre émaillée commence ici et se continue dans la vitrine suivante.

VITRINE R.

Grands colliers de terre émaillée et de verroterie. Ils présentent une variété inconcevable de formes et de couleurs, on y suspendait aussi des amulettes de toute nature et souvent des rangs entiers de scarabées ornés de légendes. Les colliers formés d'une infinité de petits disques de terre émaillés bleue sont une imitation des colliers composés d'un petit disque, qui provient d'un mollusque du pays. Ces colliers sont encore en usage dans les régions du haut Nil.

VITRINE S.

BAGUES ET SCEAUX.

Les grands sceaux de bronze, de faïence et même de bois auraient été, suivant l'opinion de Champollion, destinés à marquer les victimes approuvées pour l'autel. Les bagues à chaton gravé, ou portant un scarabée de pierre dure gravé au revers, ont servi de cachet comme chez nous: on trouve des empreintes de ces cachets, en terre sigillaire. Les gravures portent toutes sortes de légendes, mais plus ordinairement des sujets religieux. La bague d'or la plus finement gravée, qui est placée au milieu, représente une dame nommée *Isinofre* devant le dieu Osiris. Les bagues en terre émaillée prouvent de nouveau l'habileté des ouvriers dans cette partie de l'art. Elles devaient être bien fragiles, si toutefois on les portait réellement; on en trouve plusieurs de cette espèce qui sont décorées du buste de la déesse Isis, sortant tout à fait de la direction de l'anneau et se relevant suivant une tangente, ce qui produit une bague d'un aspect singulier et gracieux. La monture ordinaire de scarabées se composait d'un fil d'or qui s'amincissait aux extrémités et s'enroulait de chaque côté sur l'anneau. Ce modèle très-simple est en même temps très-commode pour monter un chaton tournant destiné à servir de cachet.

Cette vitrine contient aussi quelques pendants d'oreille. Les plus rares sont en argent avec pendeloques.

VITRINE T.

Elle se trouve dans la première salle et commence la série des instruments en bronze. On y remarque les poignards et un petit modèle de la *chopesch*, sorte de cimeterre royal. Parmi les petits objets, le canif a conservé son tranchant ainsi que la petite hachette qui coupe comme de l'acier. Le rasoir est très-curieux par son galbe, qui, sauf la longueur, est exactement celui des rasoirs anglais. C'est un des exemples les plus curieux de la persistance de certains types dans les fabrications. Son tranchant est également bien conservé; cette sorte de bronze paraît avoir été peu sujette à l'oxydation.

VITRINE U.

BOUTS DE FLÈCHE EN BRONZE ET MIROIRS.

L'ornementation des manches de ces miroirs se rapporte ordinairement aux deux types suivant : l'un se compose d'une jeune fille nue ; elle se coiffe de la main droite, son bras gauche soutient un chat qui semble ici un emblème de la toilette. Le type des autres manches est le dieu monstrueux *Bes*, que nous avons déjà trouvé plusieurs fois en rapport avec la toilette.

VITRINE V.

Ustensiles de bronze de toutes sortes ; chaîne terminée par un cœur, poignards, épingles, sorte de croissant en bronze, qui servait de hache de bataille. Les hachettes en fer sont des objets de la plus grande rareté, ainsi que toute espèce d'instruments en fer ; on sait pourtant que les Égyptiens ont connu l'usage de ce métal depuis la plus haute antiquité, car on en a trouvé des fragments dans la bâtisse des pyramides. Mais, indépendamment de la rareté du fer, dans les temps primitifs, l'oxydation a dû anéantir la plupart des objets laissés dans le sol égyptien, presque partout imprégné de nitre. Ces hachettes sont de la forme du signe qui, dans les hiéroglyphes, sert à écrire le mot *nouter*, signifiant *dieu*.

VITRINE X.

ELLE EST DANS LA SALLE FUNÉRAIRE.

Les palettes d'écrivain occupent ce compartiment. Ces petits meubles sont ordinairement en bois dur ; un trou de forme carrée servait à insérer les calames, ou roseaux taillés pour l'écriture. Plusieurs trous ronds contenaient des pains d'encre rouge et noire que l'écrivain délayait avec un peu d'eau contenue dans un petit vase rond qui complétait son bagage. Les palettes sont souvent ornées d'inscriptions très-finement gravées, ce sont des prières adressées à divers dieux par le possesseur de la palette. Une palette d'une forme singulière est surmontée de la tête de chacal, emblème des hiérogrammates.

VITRINE Z.

Les palettes de cette vitrine sont en pierres de diverses sortes. La plupart paraissent être des imitations de la palette ordinaire, consacrées comme monuments funéraires. De petits vases de diverses formes ont servi d'encriers : il faut remarquer les petits vases en forme de hérissons qui étaient consacrés à cet usage. La grenouille en terre émaillée incrustée de pâtes de verre paraît aussi avoir été une écritoire.

Outre les encres rouges et noires, les enluminures des vignettes exigeaient d'autres couleurs dont on voit ici des échantillons, ainsi qu'une pierre de porphyre encore imprégnée du bleu qu'elle a servi à broyer. La beauté de ce bleu égyptien a été depuis longtemps remarquée.

On trouve souvent dans les manuscrits égyptiens des vignettes où plusieurs parties sont dorées par l'application d'une feuille d'or battu, pareille à celles que contient le livret du doreur ici exposé : elles ne diffèrent des nôtres que parce qu'elles sont plus épaisses. Cet or a très-bien tenu sur les manuscrits où il a été appliqué. Pour la dorure sur bois et même sur bronze, les Égyptiens ont employé habituellement un enduit préalable, ils ne paraissent pas avoir doré directement les métaux, si ce n'est pour certaines damasquinures ; dans ce cas, l'or se trouve incrusté dans les gravures.

Les tablettes enduites de cire sont de l'époque grecque ou romaine.

SALLE FUNÉRAIRE.

Une grande doctrine domine tout le système funéraire des anciens Égyptiens, et présida, depuis les temps les plus reculés, à tous les rites qui accompagnaient l'embaumement et la sépulture, ainsi qu'à tous les emblèmes qui couvrent les cercueils et les sculptures des tombeaux; c'est l'immortalité de l'âme. Cette immortalité était plus spécialement promise aux âmes qui auraient été reconnues vertueuses par Osiris, juge des enfers. Elles devaient rejoindre leur corps et l'animer d'une nouvelle vie que la mort ne pourrait plus atteindre. L'ensemble de cette doctrine, vraiment nationale en Égypte, ressort clairement de ce que nous pouvons déjà comprendre dans les textes du rituel funéraire. Ce livre sacré, dont chaque momie devait porter un exemplaire plus ou moins complet, contient une série d'hymnes, de prières et d'instructions, dont une partie est spécialement destinée aux diverses cérémonies des funérailles. On y trouve aussi les doctrines dont la connaissance était regardée comme nécessaire à l'âme humaine pour jouir de tous les biens attachés à la proclamation de sa vertu. Le chapitre II est consacré à la vie qui commence après la mort, et le chapitre XLIV énonce formellement que cette nouvelle vie ne sera plus sujette à la mort.

Tel est donc le principe général qui a régi tous les rites funéraires des anciens Égyptiens, et, sans nier les raisons sanitaires que le climat justifie si bien, cette croyance a certainement exercé la plus grande influence sur la coutume d'embaumer les corps, pour les conserver autant que possible dans leur intégrité.

Les personnes qui ne seront pas effrayées par l'étrangeté et la fatigue de quelques détails, et qui désireraient prendre une connaissance succincte de ces doctrines funéraires, devront porter d'abord leur attention sur les papyrus qui ornent le fond de cette salle, et suivre l'explication sommaire que nous allons leur présenter. Ils appartiennent presque tous à la classe des rituels funéraires; nous nous arrêterons surtout à quelques scènes représentées dans des vignettes peintes et que les textes expliquent plus clairement.

A droite de la cheminée, un grand rituel, du style de la dix-huitième dynastie, occupe les deux bandes inférieures du cadre. Ce beau manuscrit est une véritable édition de luxe, il avait été préparé d'avance dans quelque librairie, et on avait laissé en blanc le nom du défunt, à chaque endroit où il devait être écrit. Ces blancs étaient remplis quand le manuscrit avait été acheté; mais il arrive quelquefois, comme ici, qu'on s'est dispensé de cette formalité, et que le nom du défunt est resté en blanc. Dans d'autres manuscrits, volés sans doute à quelque tombeau, on a effacé par endroit le premier nom et on a attribué le rituel à un nouvel acheteur, en écrivant son nom en surcharge. Les vignettes de ce manuscrit, en commençant en bas et par la gauche, nous montrent d'abord le défunt accompagné de sa sœur, qui vient rendre hommage à Osiris. Les légendes sacrées racontaient que ce dieu, étant mort sous les coups de son frère *Set* ou Typhon, avait été ressuscité par les soins d'Isis.

Osiris était devenu le type de tout Égyptien qui avait payé son tribut à la mort, et cette assimilation était la garantie de son immortalité finale. L'embaumement le plus complet durait soixante-dix jours, pour se conformer aux rites suivis par Horus dans l'embaumement de son père Osiris. Le corps ainsi conservé, l'âme du défunt, que l'on nommait régulièrement l'*Osiris un tel*, subissait des épreuves et parcourait les sphères célestes de la région des âmes, à la suite de l'âme d'Osiris qui, sous le nom de *Sahou*, était censée résider dans une constellation qui répond aux principales étoiles d'Orion. Les parties du rituel qui énumèrent les principaux actes de ce pèlerinage de l'âme, ne sont pas écrites dans un ordre constant, surtout dans les rituels anciens. Mais il semble qu'il y ait eu, vers le temps des rois Saïtes, une sorte de révision ou de rédaction plus officielle du rituel ; car, aux dernières époques, on a tracé les manuscrits funéraires dans un ordre à peu près constant, qui doit être pris en considération, parce qu'il indique certainement l'ordre dans lequel les prêtres comprenaient les diverses idées auxquelles se rapportent les chapitres successifs de ce livre.

Osiris, dans la première scène de notre manuscrit, est peint de couleur verte, et il porte le diadème blanc, symbole de la royauté de la haute Égypte; il tient en main les sceptres royaux et divins.

La seconde vignette fait voir le défunt qui vogue derrière Anubis, dans la barque du soleil. Les vignettes suivantes montrent diverses formes ou types que l'âme était censée revêtir successivement dans les cieux infernaux. C'est d'abord une sorte de héron consacré à Osiris, puis l'épervier d'or, l'hirondelle, l'épervier divin, etc. Cette doctrine est analogue à la métempsycose des Indous; mais, pour l'Égyptien, ces transformations ne devaient pas s'accomplir sur la terre; l'âme, ou la larve du défunt proclamé juste, y était seule intéressée, et le pouvoir d'exécuter les transformations qui pourraient lui plaire était un de ses priviléges.

Dans la bande supérieure on voit d'abord les quinze portes des champs Élysées des Égyptiens : on les plaçait dans une contrée céleste, nommée Aaenrou. C'était dans la même région que les mânes devaient se livrer aux travaux agricoles pendant une certaine période de temps.

Après ces tableaux on trouve le chapitre curieux de la confession de l'âme. Les quarante-deux juges sont figurés dans les colonnes du papyrus : à chacun d'eux s'adresse une invocation du défunt qui se justifie à chaque fois de quelque péché contre le morale ou la religion du pays. On peut y constater que les bases de la morale ont toujours été les mêmes chez les nations civilisées.

Le meurtre, le vol et l'adultère y figurent, ainsi que la profanation des choses saintes, parmi les crimes en horreur chez tous les peuples ; mais on est plus étonné d'y rencontrer des défenses telles que celle *des paroles trop nombreuses* ou celle *de faire pleurer son prochain*. La civilisation spéciale de la vallée du Nil a déjà empreint sa trace sur ce code sacré, en y ordonnant *le respect des droits acquis sur les cours d'eau*.

La scène qui suit représente le pèsement de l'âme et son jugement. Dans les plateaux de la balance on voit, d'un côté, le vase, symbole du cœur du défunt, et de l'autre, la plume d'autruche, symbole de la justice ; le cynocéphale assis, qui repose au milieu de la salle, est l'emblème du dieu Thot qui doit lire la sentence ; le dieu est figuré ici sous cette forme, parce que le cynocéphale assis était le symbole du parfait équilibre. Les deux déesses debout, tenant des serpents en main, représentent la double justice, celle qui punit et celle qui récompense.

Cette scène est suivie de la vignette du bassin de feu, gardé par quatre cynocéphales ; c'étaient des génies chargés d'effacer la souillure des iniquités qui auraient pu échapper à l'âme juste et de compléter sa purification. La vignette suivante montre le soleil représenté par un disque rouge sur une tête d'épervier ; sa barque vogue sur les eaux célestes, et l'âme justifiée, dégagée de ses souillures, vient se joindre à la course de l'astre lumineux.

Les dernières vignettes contiennent la figure de diverses demeures qui occupaient les espaces célestes que l'âme lumineuse va maintenant traverser.

Le papyrus placé au-dessus de celui-ci est un rituel de

même nature que le précédent ; par une exception très-rare, il est écrit à l'encre blanche. Les vignettes sont extrêmement nombreuses. Nous en indiquerons quelques-unes qui ne figurent pas dans celui que nous avons décrit. La première scène en commençant à gauche montre l'âme combattant un crocodile; ce combat fait partie d'une longue série d'épreuves semblables, où l'âme juste devait remporter la victoire avec le secours des paroles sacrées que lui apprenait le chapitre du rituel correspondant à chaque vignette.

Après les diverses transformations des mânes, déjà décrites plus haut, on trouve ici une scène où l'âme, toujours représentée par un épervier à tête humaine, voltige au-dessus de son squelette. Plus loin, elle boit l'eau céleste qui doit faire reverdir en l'homme une nouvelle jeunesse. Le défunt est ensuite figuré voguant sur les eaux célestes; le rituel lui apprend ici les noms mythiques de toutes les parties de cette barque sacrée. Sept demeures sont ensuite énumérées ; on les voit figurées avec leurs gardiens armés de glaives. Après ces pérégrinations, le défunt est représenté à genoux devant le divin soleil à tête d'épervier. Le livre retourne alors à la momie, qui, pendant ce temps, est restée sur le lit funèbre. Elle y repose entre les bras d'Anubis, le dieu à tête de chacal, et sous la protection d'Isis et de Nephthys, sœurs d'Osiris, ces déesses recitent les champs du deuil, comme elles l'ont fait pour leur frère, lorsqu'après avoir réuni ses membres, elle lui rendirent la vie par leurs incantations. Ce chant de résurrection, prononcé par Isis, constituait un petit livre spécial, dont plusieurs exemplaires nous sont parvenus. Notre manuscrit présente ensuite, comme le premier, la série des portes avec leurs gardiens, celle des quarante-deux juges et le bassin expiatoire. Il contient de plus la série des sept vaches sacrées avec leur taureau. La scène du jugement est ici un peu différente de la première : Anubis amène le défunt et présente à Osiris le symbole de son cœur; c'est le dieu Horus qui exécute le pèsement de l'âme devant les deux déesses *Justice*.

Le livre se termine par la barque, où le défunt justifié a été admis, et par la topographie des demeures célestes qu'il doit parcourir.

Le rituel qui occupe la bande supérieure est d'une époque bien plus récente que les deux premiers, il est au plus du sixième siècle avant l'ère chrétienne; je n'attirerai l'attention que sur la scène du jugement qui a pris ici une très-grande extension. Le défunt est amené par la déesse *Justice*; elle lui dit : *Viens voir Osiris infernal pour qu'il t'accorde les bienfaits attachés à la sépulture sacrée*. Le cynocéphale, emblème d'équilibre, repose ici au sommet de la balance. *Horus* pèse le cœur et semble même lui prêter son appui en tirant sur les chaînes qui suspendent le plateau. Anubis explore l'indicateur de la balance et constate son équilibre. Thot, à tête d'Ibis, figure ici comme *seigneur des divines paroles* et comme *écrivain de la justice divine* ; il prononce la sentence qui assure l'immortalité au défunt. Devant Osiris, juge suprême, repose la *dévorante de l'enfer* ; monstre composé avec les parties du crocodile, de l'hippopotame et du lion, qui se tient prêt à déchirer les condamnés.

Dans la même salle, à l'autre extrémité, on voit le tribunal composé des quarante-deux juges.

Parmi les papyrus qui remplissent l'autre côté de la cheminée, plusieurs répètent les scènes qui nous venons de décrire. Mais on voit dans le bas un papyrus en deux feuilles d'une nature toute différente. Il représente, dans des tableaux entremêlés de légendes, les diverses parties du ciel, où le soleil se plongeait pendant les heures de la nuit.

Parmi les manuscrits des rangées supérieures, on peut remarquer, dans la troisième rangée, un défunt nomme *Chonsoumes* qui est représenté labourant et moissonnant dans les champs célestes des âmes pures. La bande supérieure est occupé par un manuscrit [1] remarquable par la beauté de ses

[1] Champollion l'a décrit très-complétement dans son catalogue, p. 149.

vignettes; la première scène contient surtout des détails curieux; on y voit le cortége funèbre de la momie placée dans une barque sur un traîneau que mènent quatre bœufs. A la suite de cette scène, on a tracé le plan de l'hypogée et l'escalier qui y conduit le défunt; tous les meubles funéraires y sont dessinés à leur place respective.

Le lecteur attentif aura maintenant une connaissance suffisante de ces doctrines, même pour bien saisir les explications des divers monuments funéraires, dont la décoration est toujours gouvernée par les mêmes idées.

Le milieu de la salle est occupé par un beau coffret funéraire du style de la dix-neuvième dynastie, et par quatre canopes en bois, finement peints; nous expliquerons plus loin la destination de ces sortes d'objets.

Sur la table et à ses côtés sont exposés des cercueils en bois peint et des cartonnages de momies. La décoration de ces cercueils et de ces cartonnages a varié, comme celle des sarcophages, suivant les différentes époques de l'histoire d'Égypte. On n'en possède qu'un très-petit nombre qu'on puisse, avec certitude, attribuer au premier empire. Quelques-uns imitaient la forme des sarcophages les plus anciens; ils étaient rectangulaires et portaient à l'extérieur les ornements qui caractérisent l'architecture des premières dynasties. A l'intérieur la décoration se composait d'une foule d'objets usuels peints et des diverses sortes d'offrandes; les noms et les quantités de ces objets sont ordinairement écrits auprès. Les flancs et les fonds sont ordinairement couverts de textes en écriture cursive empruntés au rituel funéraire, qui, dès cette ancienne époque, avaient déjà le caractère de textes sacrés.

Le plus parfait modèle des cercueils de ce style appartient au musée de Berlin. Il se compose de trois coffres pareils et rentrant exactement l'un dans l'autre, que M. Passalacqua eut la bonne fortune de trouver à leur place antique, dans un hypogée thébain.

On voit, par les cercueils des rois *Antew*, que dès la onzième dynastie on taillait aussi des boites de momie dessinant la forme humaine ; elles ont probablement été renfermées dans des sarcophages de pierre. Depuis la dix-huitième dynastie, la forme rectangulaire était une exception.

Les trois cercueils de *Soutimès, hiérogrammate et chef des gardiens des livres* à Thèbes, peuvent être cités comme un modèle de la décoration des boîtes de momie, vers la dix-neuvième dynastie : si l'on veut en lire la description sommaire, on verra quelles images employaient les prêtres chargés des embaumements pour entourer le corps du défunt de tous les symboles de sa résurrection.

Dans la première boîte, le fond est décoré d'un grand *tat :* cet objet (habituellement connu sous le faux nom de nilomètre) est une sorte d'autel à quatre tables, dont le sens mystérieux n'est pas encore bien expliqué ; il est couronné d'un grand diadème qui appartient à Osiris; deux bras en sortent étendant des ailes en signe de protection. Au-dessous, l'étendard d'Abydos représente également Osiris, qui était censé enseveli dans cette ville ; les déesses Isis et Nephthys, étendent leurs mains vers cet emblème. Le chevet est occupé par le scarabée, symbole de la génération céleste qui doit faire regermer le défunt dans une nouvelle vie. Ce scarabée porte en tête le disque du soleil, peint non plus en rouge, mais en vert. C'est le soleil plongé dans la nuit, qui reprendra sa couleur lumineuse lorsque le matin aura ramené sa nouvelle naissance. Ce symbole est placé entre deux yeux ailés qui représentent les deux principales divisions du ciel. Cette même division du ciel se reproduit sur les parois intérieures, où le ciel du nord et celui du midi sont représentés par les deux vipères couronnées. Sur ces mêmes parois, le défunt est figuré en adoration devant diverses divinités.

A l'extérieur, le chevet de ce cercueil est divisé en deux étages ou registres : le premier est rempli par le scarabée dont nous avons expliqué le symbolisme; Isis et Nephthys portent la main à leur front ; c'est l'attitude du deuil pendant lequel ces deux sœurs d'Osiris récitaient les paroles sacrées qui devaient lui rendre la vie. Dans le second registre la déesse que Champollion nomme *Netpé* et qui représente l'éther des espaces célestes déploie ses deux ailes et tient en main le signe de la vie future. La décoration des pieds est également divisée en deux registres : dans le premier les déesses Isis et Nephthys sont couchées sur le ventre dans l'attitude du repos, ce qui les fait ressembler à des sphinx. Au-dessous le symbole *Tat* est accompagné des quatre génies funéraires qui présidaient à la conservation des entrailles. Les flancs extérieurs sont décorés de deux séries de figures : la série supérieure contient divers dieux couchés en sphinx; devant chacun d'eux on a figuré le défunt *Soutimés* debout et leur adressant ses hommages. La série inférieure se compose de dieux et génies des espaces célestes debout, auxquels le défunt adresse également des prières.

Le couvercle de ce premier cercueil est de l'autre côté de la table; la tête porte un bouquet de lotus, autre symbole d'une nouvelle naissance; c'est sur le bouton de ce lotus qui s'épanouit qu'on plaçait l'enfant divin, symbole du soleil levant, lequel était à son tour la vivante image de l'éternelle jeunesse de la divinité. Le collier qui couvre sa poitrine se composait de fleurs et boutons de lotus et d'autres symboles analogues. L'estomac et le ventre ont pour principaux ornements deux formes du scarabée. Le premier porte simplement le disque du soleil, dont les rayons étaient censés donner plus directement la vie ; le second, les ailes étendues, porte une tête de bélier, nouveau symbole d'activité et de génération.

Sur les jambes, la décoration est divisée en petites scènes dans lesquelles le scarabée joue le premier rôle ; le sens est complété par le vautour, aux ailes étendues, qui représente la déesse de l'éther céleste et en même temps la maternité. C'était l'espace céleste qui jouait le rôle de mère dans la génération divine, suivant la doctrine égyptienne; elle complète ici la promesse de la naissance divine qui viendra donner au défunt une vie désormais à l'abri de la mort. Les côtés sont occupés par des figures de divinités diverses : vers les pieds, Isis et Nephthys remplissent le rôle de pleureuses, comme elles l'avaient fait au deuil d'Osiris.

Auprès de ce couvercle est celui de la seconde boîte renfermée dans la première. La tête est ornée d'un simple bandeau. La décoration de l'estomac et du ventre est analogue à celle de la première boîte ; on doit y remarquer, néanmoins, à droite et à gauche du scarabée, un dieu à tête de bélier que la déesse *Neith* entoure de ses bras. Cette déesse, qui n'est qu'une autre personnification de la mère divine, embrasse ainsi le dieu Soleil, source de la vie. Auprès de cette scène, le défunt Soutimès navigue sur les espaces célestes, après sa justification; le reste de la décoration présente toujours les béliers et les scarabées, avec quelques variantes. Aux pieds, on doit remarquer le défunt à genoux et recueillant des gouttes qui semblent découler des déesses Isis et Nephthys, dans leur rôle de pleureuses. Sous les pieds, on a figuré Osiris dans son rôle de juge, le défunt Soutimès comparaît devant lui.

Dans la partie inférieure de ce second cercueil, le fond est occupé par la déesse du ciel (Netpé) étendant ses ailes ; elle est là pour recevoir le défunt dans son sein ; les quatre génies sont auprès de sa tête : sous ses pieds, c'est le dieu *Ra* ou soleil, entre les déesses Isis et Nephthys; vers les pieds de la momie, l'étendard, symbole d'Osiris, entre deux béliers. Sur les flancs, parmi diverses figures divines, on doit remarquer une momie couchée à laquelle on a donné la forme ithyphallique; c'était la manière la plus énergique d'exprimer cette croyance qu'au sein même de la mort reposait pour l'homme la promesse d'une nouvelle génération qui le revêtirait, comme la divinité, d'une éternelle jeunesse.

A l'extérieur, la décoration est divisée en deux registres : dans le premier figurent le quarante-huit juges infernaux et le défunt qui leur adresse sa justification ; parmi les scènes du second registre, il faut remarquer 1° le disque du soleil qui apparaît entre deux lions, c'est une des figures du soleil levant; 2° la vache sacrée qui sort de la montagne d'occident : c'est la déesse Hathor qui présidait au ciel de l'enfer.

Le troisième cercueil ne se composait que d'un cartonnage qui se trouve dans l'armoire I; il était posé sur la momie, enveloppée de ses bandelettes, et n'avait pas de dessous. Les ornements se composent d'abord de deux scarabées; une chaîne, composée de croix ansées, signe de la vie éternelle, s'étend à côté du second. On y voit ensuite le dieu Tot, à tête d'Ibis, et l'âme du défunt. La déesse du ciel enveloppe le ventre avec ses ailes. Une inscription en deux bandes s'étend sur les jambes; c'est le défunt Soutimès qui s'adresse ainsi à la déesse : *O ma mère le ciel, qui t'étends au-dessus de moi, fais que je devienne semblable aux constellations! Que le ciel étende les bras vers moi, dans son nom de ciel* (féminin); *qu'elle étende ses bras pour dissiper les ténèbres et pour me ramener la lumière!*

Sans décrire aussi complétement les autres boîtes de momie, nous indiquerons cependant aux visiteurs curieux quelques-unes des scènes qui les recouvrent. Auprès des cercueils de Soutimès est le fond de la boîte d'une dame thébaine nommée *Tenteschatmaut;* l'intérieur est remarquable par la beauté de ses peintures; à l'extérieur, près du chevet, on remarquera une division de l'enfer égyptien, le lieu de torture des coupables, divisé en neuf zones ou prisons diverses. Horus préside aux supplices avec les déesses à tête de lionne, qui sont les furies de ce tartare.

Les côtés de la table sont occupés par des cartonnages de momie : c'était la dernière enveloppe; elle était à son tour recouverte par les divers cercueils et souvent par le sarcophage. Plusieurs ont la figure dorée; lorsqu'on dorait la figure d'un homme, on en brunissait souvent la couleur par une teinte de bitume. Leur décoration se compose de tous les symboles que nous avons décrits aux boîtes de momie. Ce sont les scarabées, les béliers, les éperviers qui les enveloppent de leurs ailes; sur les pieds, les chacals guides des chemins célestes, et sur les flancs les quatre génies fils d'Osiris et protecteurs des entrailles. A ces emblèmes ordinaires se mêlent une foule de scènes très-variées qui offrent le champ le plus large pour l'étude des croyances égyptiennes dans tous leurs détails.

ARMOIRE A.

Dans le bas, sont placés des coffres funéraires. On en trouve un certain nombre dans chaque tombeau ; ils servaient à déposer les figurines funéraires. Les formes et les grandeurs de ces coffrets sont extrêmement variées ; quelques-uns, divisés en quatre compartiments, ont dû contenir les entrailles. Les quatre génies forment alors le principal motif de leur décoration. Sur d'autres, la déesse de l'éther céleste (la Netpé de Champollion) apparaît, dans son sycomore, versant l'eau qui doit rajeunir le défunt et rendre à son âme une vie nouvelle.

Sur la première tablette de cette armoire se trouvent de petits modèles de cénotaphes, où le défunt est couché, accompagné de son épouse ou de sa sœur, comme dans les tombeaux du moyen âge. Leur âme, sous la forme de l'épervier à tête humaine, vient réjoindre le corps qui lui a appartenu. Suivant la promesse contenue dans le chapitre LXXXIX du rituel funéraire, l'âme justifiée, une fois parvenue à une certaine époque de ses pérégrinations, devait se réunir à son corps, pour n'en plus être jamais séparée. C'est le souvenir de cette grande doctrine qu'expriment d'une manière sensible à tous les yeux ces petits cénotaphes, où l'âme semble venir réveiller le corps qui l'attend sur son lit de repos.

Derrière ces lits funèbres sont des figurines funéraires en pierre. Ces figurines, que l'on trouve quelquefois en très-grand nombre dans les coffrets, semblent avoir été déposées par les parents et amis du défunt, au jour de ses funérailles. Le mort y est représenté les mains croisées sur la poitrine; il est armé des instruments propres à la culture des champs célestes, dépeints au chapitre CX du rituel. Les mânes devaient y demeurer un certain temps et s'y livrer aux travaux des champs. Les attributs qu'on donne à la figurine sont une pioche et un hoyau à lame plate (que l'on a quelquefois pris à tort pour un fléau); un sac de semences pend ordinairement sur son épaule. Le sixième chapitre du rituel, qui contenait la formule d'invocation prononcée à cette occasion, est gravé ou peint sur les figurines, dont la fabrication variait, sans doute, suivant la fortune de celui qui rendait cet hommage au défunt.

Les tablettes supérieures contiennent d'autres coffrets funéraires de toutes les époques.

ARMOIRE B.

Les tablettes de cette armoire et de la suivante sont occupées par une longue suite de figurines funéraires, rangées seulement d'après leur matière. Leurs légendes fournissent à l'archéologie les noms et les emplois d'une immense quantité de personnages de toutes les époques. On peut remarquer, quant à la fabrication des figurines en terre émaillée, que le beau bleu brillant remonte jusqu'à la dix-huitième dynastie. Les roses vifs et d'un émail bien dur sont de la dix-neuvième. Je ne connais pas de figurines funéraires de cette espèce qu'on puisse attribuer à l'ancien empire. M. Passalacqua, qui eut le bonheur d'ouvrir un tombeau inviolé d'une époque antérieure aux pasteurs, n'y trouva même aucune figurine funéraire, quoique le tombeau fût garni de tous ses accessoires.

ARMOIRE C.

Les figurines funéraires en bois furent usitées à toutes les époques. La finesse de leur gravure suit la marche de l'art. Les bois peints et vernis sont particulièrement beaux dans les figurines de la dix-huitième et de la dix-neuvième dynastie. Le bas de ces deux armoires est occupé par divers coffrets, destinés aux figurines. Les scènes peintes sur ces coffrets sont encore les quatre génies ou la déesse Netpé dans son sycomore, versant l'eau céleste; ou bien encore Anubis veillant sur la momie. On a aussi disposé dans ces armoires divers ornements de momie, comme des colliers ou des sandales. Sous ces sandales, on peignait les ennemis renversés et garrottés. C'était promettre au défunt la victoire sur les puissances malfaisantes de l'enfer.

Le panneau de la cheminée est couvert par une toile de momie, peinte pour un Égyptien de l'époque romaine ; on remplaçait alors le masque antique de la momie par un portrait peint sur la toile ou sur des planchettes. Le mort est ici entre les bras d'Anubis, représenté avec la tête du chacal noir ; auprès de lui est sa boîte de momie.

La cheminée et le dessus des consoles sont ornées d'un choix de figurines funéraires et des plus beaux canopes d'albâtre. Les vases que l'on s'est habitué à nommer canopes servaient à renfermer le cerveau, le cœur, le foie et les autres viscères, que l'on embaumait séparement. Quatre génies, fils d'Osiris, et nommés *Amset*, *Hapi*, *Tioumautew* et *Kévah-Senouw*, se chargaient de protéger ces parties essentielles de l'homme. Quatre déesses : *Isis*, *Nephthys*, *Neith*[1] et *Selk* leur adressaient ordinairement des formules de bénédiction, dans les inscriptions gravées sur la panse des vases. Quelquefois les couvercles des canopes sont ornés d'une tête humaine ; souvent, au contraire, on les trouve couverts par les têtes symboliques des quatre génies : la tête d'homme, la tête du singe (cynocéphale), la tête d'épervier et celle du chacal. Les beaux vases qui ornent la cheminée de cette salle ont appartenu à la tombe d'un général égyptien, du sixième siècle avant J. C., nommé *Psammétik-si-net*[2]. Le reste de la collection des canopes est placé sur les colonnes et sur les armoires.

ARMOIRE D.

Dans le bas sont de petits cénotaphes qui contiennent ordinairement une figurine de femme nue; quatre cénotaphes un peu plus grands portent, par une singularité très-rare, les têtes des quatre génies ; ils ont sans doute remplacé des canopes, car ils sont décorés de la légende ordinaire des déesses protectrices des entrailles.

[1] On y trouve aussi quelquefois Netpé, la déesse des espaces célestes.

[2] Dans ce nom le mot *Psammétik* est entouré d'un cartouche; il faut prendre garde de s'y tromper et de regarder ces noms comme appartenant au roi lui-même. Lorsqu'un nom royal entrait comme élément dans un nom propre, on mettait souvent ce nom royal dans un cartouche, par vénération pour le roi que ce nom rappelait.

Sur la première tablette, une collection des figurines funéraires en bois peint et en terre cuite peinte; ce mode a été usité à toutes les époques. Sur les tablettes supérieures sont des stèles funéraires, peintes sur bois. Seconde tablette, à gauche, stèle de la dame *Tisisis*, prêtresse d'Ammon. On y remarque deux scènes : dans la première la prêtresse adore la barque du soleil; son âme est devant elle, sous la figure ordinaire de l'épervier à tête humaine; la seconde scène nous montre la même défunte adorant Osiris et les dieux de son cycle. Le texte qui suit est un hymne qu'elle adresse au soleil.

A droite, sur la même tablette, stèle du prêtre d'Ammon *Harsiésis*, fils de *Scheschonk*. La scène nous montre le défunt, qu'Anubis amène devant Osiris. L'inscription contient le décret que ce dieu prononce en faveur d'*Harsiésis*.

Sur la tablette supérieure est une superbe stèle du même genre. Dans le cintre on voit, auprès du disque ailé, l'âme du défunt *Osoroëris* qui adore le soleil dans sa lumière. Dans la première scène, il est figuré, ainsi que son âme, adorant la barque du soleil, où ce dieu est accompagné de toute sa suite. Le second registre est divisé en deux scènes : à droite, c'est Osiris et ses compagnons ordinaires Horus, Isis, Nephthys. A gauche, c'est une triade composée des dieux *Toum*, *Moui* et *Tafné*[1]. Le grand texte qui complète la stèle contient un décret d'Osiris en faveur du défunt.

ARMOIRE E.

Les chevets en bois, analogues à ceux dont se servent aujourd'hui les Nubiens, sont dans le bas de cette armoire. On remarque fréquemment sur ces chevets la figure du dieu *Bes*, à la face monstrueuse. La couronne funéraire est un objet assez rare; elle était, d'après le dix-neuvième chapitre du rituel, l'emblème de la justification du défunt.

Les figurines funéraires de cette armoire appartiennent à la qualité de terre émaillée qui ressemble le plus à de la porcelaine. Ces beaux bleus, clairs et brillants, appliqués quelquefois sur une fritte tendre, mais quelquefois aussi sur une pâte

[1] Voyez pour ces divinités à la salle des dieux.

solide et d'un blanc éclatant, appartiennent à l'époque saïte.

Au-dessus sont réunis divers masques de momies: on a cherché de tout temps, en Égypte, dans les embaumements un peu riches, à donner à ces masques la ressemblance du défunt.

Les cercueils du roi Antew montrent que, dès la plus haute antiquité, quelques-uns de ces masques furent dorés et ornés d'yeux incrustés en émail.

L'usage des masques composés d'une feuille d'or remonte au moins à la dix-huitième dynastie. Les masques en cartonnage doré furent usités dans tous les temps. Les masques dans lesquels on a donné à la peau une couleur rosée sont beaucoup plus récents; plusieurs masques de femmes de cette couleur sont coiffés d'ornements étrangers à l'Égypte; ce sont des monuments gréco-égyptiens, ainsi que les masques en cartonnage doré du même style. Les portraits peints remplacèrent les masques à l'époque romaine; ceux qui sont dans cette armoire appartiennent à la famille de *Soter*, archonte de Thèbes, sous l'empereur Hadrien.

VITRINE F.

Pectoraux ou ornements de momie, en forme d'un petit édifice. La décoration se compose d'un chacal qui garde la momie, couché sur le tombeau, ou bien du scarabée, symbole de la génération mystique qui rendra la vie au défunt; les déesses Isis et Nephthys l'assistent en prononçant leurs invocations. On a quelques exemples de masques de momie en faïence bleu; celui qui est dans cette vitrine est trop petit pour avoir couvert réellement le visage d'une momie.

VITRINE G.

Scarabées funéraires. Suivant la prescription du chapitre XXX du rituel, un gros scarabée de jaspe vert ou d'une pierre de couleur analogue devait être placée dans l'intérieur de la momie. Il porte gravé au revers une invocation du défunt, qui demande un jugement favorable. Quelques-uns de ces scarabées ont, de plus, quelques ornements gravés sur leurs élytres.

On en trouve assez souvent en faïence bleue; ceux de feldspath vert clair sont les plus rares. La prescription du rituel ordonnait de les enchâsser d'or, elle est quelquefois exécutée.

ARMOIRE H.

Dans le bas sont étendus des exemples de momies égyptiennes, revêtues de leur enveloppe. La momie d'un homme que Champollion nomme *Siophis*, est couverte des différents cartonnages qui lui servaient d'ornement. Un grand collier est figuré sur le cartonnage de la poitrine. Au milieu est un pectoral avec les figures d'Osiris, d'Isis et d'Horus. Le cartonnage des jambes est décoré comme les boîtes de momie que nous avons décrites. Sous ces cartonnages et sur les bandes de toile qui dessinent les formes du corps, on avait placé les beaux réseaux en émail bleu qui sont dans des cadres, à droite et à gauche, au fond de la salle. Avec cette momie sont deux momies d'enfants enveloppés [1].

Dans le corps de l'armoire sont plusieurs boîtes de momies et des masques funéraires. La série des animaux sacrés embaumés commence ici par une tête de bélier. Une figure d'Osiris en bois peint était une sorte d'étui dans lequel on renfermait les plus beaux rituels funéraires.

ARMOIRE K.

Dans le bas, des animaux embaumés : on distingue particulièrement un crocodile, des poissons, des chats et des ibis, avec les vases de terre qui les contenaient.

Dans le corps de l'armoire, une tête de taureau et une tête de bélier sont les objets principaux. De petits chats sont emmaillotés et couchés sur le flanc; d'autres plus grands sont debout. Sur une momie d'Ibis, on a figuré le dieu Tot par une entoilage bien découpé. On distingue aussi de nombreux éperviers; l'un d'eux, trouvé au Sérapéum, est dans un cercueil de pierre calcaire; il est représenté en bas-relief sur le couvercle. Dans cet endroit, on voit aussi une série de figures

[1] Les momies développées et un certain nombre de belles boîtes de momies sont reléguées, faute d'espace, dans une salle d'étude, au second étage du Louvre.

d'Osiris en bois doré; elles sont adossées à un petit obélisque creux, dans lequel on trouve les débris d'un petit saurien embaumé.

Parmi les boîtes de momie de cette armoire, on doit remarquer celle de la prêtresse d'Ammon, nommée *Mautnofré :* tous ses ornements sont découpés à jour.

VITRINE L.

Elle contient des échantillons de toiles de momie et de bandelettes, ornées de textes sacrés presque toujours empruntés au rituel funéraire. La plus belle est d'un beau blanc et peinte en hiéroglyphes; les autres sont couvertes de prières en écriture hiératique.

VITRINE M.

Exemples de divers manuscrits égyptiens[1].

La grande vignette exposée dans cette vitrine est un fragment du rituel funéraire écrit à l'encre blanche que nous avons décrit plus haut. Elle représente le hiérogrammate *Tenana* escorté de sa sœur et venant se présenter devant Osiris. Un petit cadre contient un chapitre du rituel, écrit dans le style hiératique du temps des Romains.

Les deux volumes de papyrus roulés font voir dans quel état les rituels funéraires sont trouvés dans les tombeaux.

ARMOIRE N.

Cette armoire renferme une autre collection de coffrets funéraires. Les figurines de cette division sont en pierre, celles d'albâtre sont particulièrement belles. On doit aussi remarquer les figurines en pierre schisteuse, où le défunt presse contre son sein l'épervier, emblème de son âme. C'était encore la promesse de la résurrection que chaque assistant apportait au défunt, en déposant dans sa tombe sa figurine ornée de ce symbole.

[1] La collection des manuscrits sur papyrus n'a pu être exposée, faute d'espace. On les visite en adressant une demande à la conservation du Musée égyptien. Toute personne qui veut étudier un de ces manuscrits doit en faire la demande de la même manière; le manuscrit est ensuite porté dans la salle d'étude du Louvre et mis à sa disposition, sous la surveillance du bibliothécaire.

SALLE DES MONUMENTS RELIGIEUX.

On n'a pas encore publié de travaux complets sur la mythologie des Égyptiens. Champollion, dans son *Panthéon*, a distingué et nommé la plupart des différentes divinités. S.-G. Wilkinson a complété ce travail et M. Lepsius a montré dernièrement comment ces personnages se divisaient en diverses sociétés ou cycles divins, suivant les localités où ils étaient adorés. Les résumés publiés par M. Birch, dans la galerie d'antiquités du *British Museum*, sont aujourd'hui la meilleure source où l'on pourra puiser les détails qu'ont fournis jusqu'ici les monuments déchiffrés par les archéologues.

On ne doit pas s'attendre à trouver dans cette mythologie un tout bien coordonné, un système embrassant le ciel et la terre, sans lacune et sans double emploi. La religion égyptienne fut, comme l'empire lui-même, une réunion des cultes locaux; on y trouve par conséquent une répétition des mêmes idées sous différents types et avec des variantes importantes. Il serait de même très-inexact de penser que cette multitude de divinités adorées chez les Égyptiens eût complétement oblitéré chez eux la notion de l'être suprême. Les textes hiéroglyphiques apportent une lumière précieuse sur cette question. Le Dieu suprême, quel que soit le nom local qu'on lui ait appliqué, est souvent désigné par des expressions qui ne permettent point le doute à cet égard. *Il est le seul être vivant en vérité*, disent les légendes sacrées. *Il a donné naissance à tous les êtres et à tous les dieux inférieurs. Il a tout fait et n'a pas été fait.* Enfin, *il s'engendre lui-même.* C'est là le second point et peut-être le plus curieux de la doctrine égyptienne. Si certains textes disent que le Dieu père engendre un fils, son image, on en rencontre qui semblent ne faire du fils qu'une autre manière d'envisager le père. C'est dans ce sens que les Égyptiens disaient du dieu *Ra* (soleil), *qu'il s'engendre lui-même.* A Saïs, où il était considéré comme le fils de la déesse mère *Neith*, on disait qu'*il était enfanté, mais n'avait pas été engendré*, parce qu'il descendait lui-même dans le sein de sa mère.

Les Égyptiens ont donc distingué dans la génération éternelle de la divinité un père et un fils dont les deux personnalités ont été plus ou moins confondues ou distinguées, suivant les temps et les lieux. Un personnage féminin, jouant le rôle maternel, venait s'ajouter aux deux premiers et complétait la triade divine telle qu'on la voit adorée dans la plupart des temples. A Saïs, la mère jouait même le principal rôle, sous le nom de *Neith;* à Thèbes elle est subordonnée au personnage d'Ammon. Celui-ci joue le rôle de père, et néanmoins sa confusion avec la personne du fils est clairement indiquée dans la légende où il est qualifié le *mari de sa mère, Maut.* La déesse de Thèbes était, en effet, son épouse quant à son rôle de père, et sa mère quant à son rôle de fils.

Le soleil est le plus ancien objet du culte égyptien que nous trouvions sur les monuments. Sa naissance de chaque jour, lorsqu'il s'élance du sein du ciel nocturne, était l'emblème naturel des idées que nous venons d'exposer sur l'éternelle génération de la divinité. Aussi l'espace céleste était-il identifié avec la mère divine. C'était particulièrement le ciel de la nuit qui remplissait ce personnage. Les rayons du soleil, en réveillant toute la nature, semblaient donner la vie aux êtres animés. Ce qui, sans doute, n'avait été d'abord qu'un symbole, est devenu, sur les monuments égyptiens que nous connaissons, le fond même de la religion. C'est le soleil lui-même que l'on y trouve habituellement invoqué comme l'être suprême, et son nom égyptien *Ra*, ajouté souvent à celui de la divinité locale, semble témoigner que cette identification constitue une seconde époque dans l'histoire des religions de la vallée du Nil. C'est ainsi qu'Ammon est devenu *Amon-Ra* (Ammon-Soleil).

Ptah, le dieu suprême de Memphis, s'est peut-être maintenu longtemps dans une sphère plus élevée, car on ne le trouve pas identifié au soleil, tandis qu'ailleurs il semble même indiqué comme le père de cet astre.

Si le culte du soleil, comme dieu suprême ou comme manifestation de ce dieu, paraît un trait général parmi les croyances égyptiennes, il en est un autre qui, du moins dans le second empire, n'était pas moins universel, c'est le culte d'Osiris, type et sauveur de l'homme après sa mort, tel que nous l'avons expliqué à propos des monuments funéraires. Osiris, en cette qualité, était aussi identifié avec le soleil infernal accomplissant sa révolution nocturne, jusqu'à ce que sa nouvelle naissance vînt lui rendre son caractère de dieu du jour.

Telles me paraissent avoir été les idées dominantes au milieu des innombrables superstitions de l'Égypte, où toute la nature avait fini par participer à la divinisation.

ARMOIRE A.

Elle réunit les principaux dieux de la Thébaïde. Ammon y occupe le premier rang. La coiffure de ce dieu se compose de la couronne rouge, symbole de la souveraineté de la basse région, surmontée de deux longues plumes droites. Son costume est la *schenti* ou tunique courte, attachée à la taille par une ceinture. Le sceptre qu'il tient ordinairement en main est celui qu'on nomme vulgairement sceptre à tête de *coucoupha*, parce qu'on avait cru d'abord y reconnaître cet oiseau; mais des exemples bien conservés ont fait voir qu'il s'agissait d'un quadrupède dont la tête ressemble assez exactement à celle d'un lévrier. La plus belle figure d'Ammon, dans notre musée, est un bronze placé sur la cheminée. Dans cette figure le dieu foule aux pieds les neuf arcs, symboles des nations barbares. L'armoire A renferme d'autres bonnes figures de ce premier type du dieu. Ainsi représenté, il était appelé *le père des dieux, le seigneur des trônes de la terre; celui qui équilibre le monde, le seigneur des dieux, le seigneur de l'éternité, le grand dieu vivant en vérité*, etc. Il dispose en souverain des royaumes de la terre et les donne en présent aux rois d'Égypte.

Ammon paraît souvent sur les monuments, représenté sous la forme ithyphallique que l'on trouve dans quelques figurines de cette armoire. C'est alors qu'il est spécialement appelé *le mari de sa mère*. Son costume, sous cette forme, se compose de la même coiffure, aux deux longues plumes, et d'un large collier qui couvre la poitrine. Ce large collier était un autre symbole de virilité. Son bras gauche est élevé à la hauteur de sa tête, la main déployée; auprès est le fouet sacré : on ne connaît pas bien le symbolisme de ce geste. Son corps est enveloppé comme celui d'une momie. Les figures de ce genre portent souvent tout à la fois les deux noms d'*Ammon* et d'*Horus, fils d'Isis*, identifiant ainsi sous ces caractères les rôles du père et du fils. Cette forme d'Ammon existait sur les monuments dès la XIIe dynastie.

A gauche d'Ammon sont les figures de son épouse divine, nommée à Thèbes simplement, *Maut* ou *mère*. Cette déesse est ordinairement coiffée du *pschent* ou double diadème, emblème de la souveraineté des deux régions. Quelquefois un vautour, symbole de la maternité, montre sa tête sur le front de la déesse; les ailes forment sa coiffure. Elle est vêtue d'une longue robe juste et tient en main le signe de la vie. Les principaux titres de *Maut* sont ceux de *dame du ciel et régente de tous les dieux*. Elle est aussi qualifiée *souveraine de la nuit*.

Le fils de ces deux divinités, considéré comme personnage distinct, se nommait *Chons :* il apparaît sous deux types principaux dans nos figurines comme sur les monuments. Dans le premier il a une tête humaine; sa coiffure se compose du disque avec les cornes en demi-cercle, que l'on regarde comme un symbole lunaire; il est alors souvent nommé *Aah-*

Chons ou *Chons-Lune.* Il porte une tresse de cheveux pendants sur l'épaule; c'était la coiffure symbolique de la jeunesse. La tête humaine est souvent changée en celle d'épervier, l'animal symbolique de Chons. Ce dieu était invoqué à Thèbes sous deux vocables principaux : dans le premier il portait un nom qui semble signifier *Chons en Thébaïde, bon protecteur;* dans le second, il se nomme *Chons conseiller de la Thébaïde, grand dieu qui chasse les rebelles.* Il paraît plus spécialement chargé d'agir auprès de l'homme, et c'était également lui qui guérissait les maladies et chassait les mauvais esprits.

Divers groupes représentent Ammon réuni avec *Maut,* ou même la triade thébaine réunie au complet sur le même socle.

A droite d'Ammon sont les figures du dieu *Noum,* celui que les Grecs appelèrent *Chnoumis* et *Chnouphis.* Ses légendes expliquent clairement que ce n'est qu'une forme d'Ammon, considéré particulièrement comme fabricateur des dieux et des hommes. Il porte une tête de bélier, attribut de l'ardeur, du principe actif. Il est représenté quelquefois façonnant, sur un tour à potier, une figure d'homme ou l'œuf mystérieux d'où la légende faisait sortir le genre humain et la nature entière. Son nom *Noum* signifie *le principe humide;* il est aussi identifié avec le soleil sous le nom de *Noum-Ra.* Dans la petite stèle de pierre calcaire, il est représenté sous la forme complète du bélier, et porte les deux plumes droites et le nom d'Ammon. La coiffure ordinaire de Noum, sur sa tête de bélier, est le diadème nommé *atew,* qui se compose de la mitre blanche et de deux plumes d'autruche accompagnées de cornes de bouc et d'urœus ou vipères divines. Noum porte souvent aussi le nom d'*esprit des dieux,* qui lui appartient spécialement; il était vénéré en beaucoup de lieux de la Nubie et particulièrement aux cataractes.

La triade de *Noum* se composait en cet endroit du dieu et de deux déesses, leur fils n'entre pas dans la triade. Les deux déesses se nomment : 1° *Sati,* que les inscriptions latines identifient à Junon. Cette déesse se distinguait par la mitre blanche et pointue accompagnée de deux cornes de vache.

2° *Anouké,* identifiée à Vesta; sa coiffure se compose d'un large bouquet de plumes; on peut voir cette tête sur la seconde tablette, montée sur un manche en bois. On ne connaît pas bien les attributions de ces deux déesses. Sati est nommée *fille du soleil, dame du ciel, régente des mondes.*

Dans le bas de l'armoire A, on a disposé les béliers et les vautours symboles d'Ammon-Noum et de *Maut.* On a rassemblé sur la tablette les diverses variantes de la divinité représentées par un hippopotame debout. Rien n'est moins bien expliqué que cette figure : avec la griffe du lion et la tête de l'hippopotame, elle porte souvent un nœud symbolique qui paraît avoir quelque rapport avec la grossesse. Elle a souvent aussi une tête de femme ou une tête de lionne.

Elle porte les noms de *Taoër* ou la *grande,* et de *Ap* et *Schepou.* Les mamelles pendantes lui donnent des rapports avec les déesses nourrices; et en effet, elle est appelée aussi la *bonne nourrice* et elle présidait aux chambres où étaient représentées les naissances des jeunes divinités. Elle avait à Thèbes un temple spécial. Le nœud symbolique, son emblème ordinaire, est quelquefois remplacé par un grand couteau : avec cet attribut, elle figure dans les tableaux astronomiques où ses fonctions ne sont pas mieux déterminées jusqu'à présent.

ARMOIRE B.

En commençant par la gauche, on rencontrera d'abord les figures de Neith. Cette déesse porte pour coiffure la couronne rouge, décorée sur le devant d'un enroulement : c'est l'emblème de la souveraineté de la basse région. Elle porte quelquefois en main l'arc et les flèches. Les Grecs, qui l'assimilèrent à Minerve, connurent son caractère guerrier. Vénérée spécialement à Saïs, on la retrouve néanmoins dans les temples de toute l'Égypte. Nous avons déjà parlé de son grand rôle de mère du Soleil, lequel s'engendrait lui-même dans le sein de Neith. Tous ses titres se rapportent à cette grande qualité de mère du Soleil. Les Grecs lui ont aussi connu ce caractère, et ils nous ont conservé une inscription de Saïs, où la déesse, mère du Soleil, se vantait néanmoins que sa tunique n'avait jamais été soulevée. Neith jouait aussi un rôle funéraire; elle paraissait comme protectrice des entrailles sur les canopes. De petites figures de Neith présentent une particularité curieuse qui n'a pas été expliquée : la déesse y présente le sein à deux jeunes crocodiles.

PTAH.

C'était le dieu suprême à Memphis. Sa forme habituelle est celle d'un homme, la tête rasée, enveloppé comme une momie. Les traits de la figure sont ordinairement très-fins, car Ptah était surnommé le *dieu au beau visage*. Parmi ses autres titres, on remarque ceux de *Seigneur de la justice* et *Roi des mondes*. Le mot Ptah, en égyptien, signifiait *ouvrir*, comme en hébreu. Dans son rôle de père des dieux, il portait le nom de *Totonen*, qu'on pourrait peut-être traduire par *donnant la forme*. Aussi l'a-t-on figuré quelquefois portant l'œuf humain, comme *Noum*.

C'est sans doute à cet œuf que faisait allusion la seconde forme du dieu Ptah, décrite fidèlement par Hérodote. Il dépeint le dieu de Memphis comme un nain monstrueux, analogue aux patèques des Phéniciens. On peut dire plus exactement que cette forme est calquée sur celle de l'embryon. Elle porte habituellement sur la tête le scarabée, symbole de génération, auquel se joignent quelquefois une foule d'autres emblèmes qui forment des groupes, dont l'ensemble et les détails se rapportent tous à la mystérieuse naissance de ce dieu embryon, dans lequel le créateur semble s'identifier avec la création.

Champollion paraît avoir confondu ce type avec un troisième caractère de Ptah, le caractère infernal, où il porte les noms de *Ptah-Sakar-Osiris*. Dans ce type, qui apparaît sur quelques stèles, et plus habituellement dans les rituels funéraires, le dieu n'a pas ordinairement le corps d'un embryon. C'est un corps adulte, emmailloté comme une momie, avec une tête d'épervier portant le disque solaire. Il paraît identifier Ptah, dans les enfers, avec le Soleil.

Nous avons dit, à la salle d'Apis, que ce taureau sacré portait les titres de *Vie nouvelle de Ptah* et de fils de Ptah. La vache qui le portait était censée avoir été fécondée par la radiation solaire. Les figures le représentent, ou au naturel, dans sa forme de taureau, ou bien avec un corps d'homme svelte et jeune, surmonté de la tête de taureau. Il a cette même forme dans les figurines funéraires provenant du Sérapéum.

Mais Ptah avait un autre fils, nommé, en égyptien, Imhotep, que les Grecs nommaient *Imouthès*, et qu'ils assimilaient à Esculape. Les figures de bronze ou de faïence le représentent comme un jeune homme à la tête rasée, vêtu d'une longue robe et chaussé de sandales; il lit dans un volume déployé sur ses genoux. Il semble caractériser par là le dieu de toute la science. Il était particulièrement adoré à Memphis, où il remplissait une partie des fonctions que les Thébains attribuaient à Chons, fils d'Ammon. La plus belle figure du dieu Imouthès est sur la cheminée de cette salle : c'est une statuette de granit; le nom du dieu est écrit sur le volume qui est déroulé sur ses genoux.

RA, ou LE SOLEIL.

Le soleil était adoré dans toute l'Égypte : son nom, *Ra*, ou, avec l'article masculin, *Phra*, s'ajoutait à celui des divinités locales lorsqu'on voulait les identifier avec cet astre. Les types du dieu *Ra* sont assez variés : dans son expression la plus générale, il est représenté par un homme à tête d'épervier, coiffé d'un disque sur lequel se relève la tête d'un urœus. Le dieu était figuré, ou debout, dans l'attitude de la marche, ou assis sur un trône. Cette seconde attitude se rapporte à la royauté qu'il était censé avoir exercée en Égypte. Ce règne du dieu Ra était regardé comme le commencement des temps. On disait : *depuis le temps du dieu Ra*. Comme soleil levant, il porte ordinairement le nom d'Horus des deux horizons; comme soleil couchant, il se nommait *Atoum*, ou plus brièvement *Toum*. Il recevait en outre d'autres noms comme divinité locale. Ainsi, à Edfou, il se nommait *Hout*, et c'est le nom qu'il reçoit ordinairement dans le disque ailé qui décore le sommet de toutes les portes des temples. Dans les scènes qui ornent les monuments funéraires, le soleil voguant pendant les heures nocturnes, prend ordinairement la forme du dieu *Noum*, avec sa tête de bélier, couronnée du diadème *atew*. Dans les tableaux des heures du jour, il revêt successivement diverses formes, parmi lesquelles celle du griffon indique ses plus grandes ardeurs. Comme soleil levant, un jeune enfant sortant d'une fleur de lotus est son expression la plus remarquable.

Le dieu *Atoum* ne paraît ici que sur les stèles peintes, placées sur la seconde tablette. Son corps est de couleur obscure, car il représente le soleil qui se plonge dans la nuit; la déesse du ciel s'étend au-dessus lui, en faisant une voûte de son corps allongé. Dans une seconde figure, on le voit dans la fleur de lotus, d'où ressortira le dieu rajeuni qui figure le soleil à son lever.

MONT.

Ce dieu, qui était particulièrement vénéré à Hermonthis, dans la Thébaïde, ne me paraît qu'une forme du soleil. Il est nommé le Soleil et le Seigneur des deux mondes. Sa tête est comme celle de *Ra*, la tête d'épervier; il se distingue par les deux longues plumes droites qui ornent son disque. Son caractère particulier est celui d'un dieu des combats; toutes les inscriptions le prennent comme terme de comparaison pour le type de la vaillance.

ANHOUR ET MOUI.

C'est le dieu que Champollion nomme *Emphé*. C'est encore un dieu solaire dont les attributions spéciales ne sont pas bien connues; on le trouve souvent caractérisé par un bouquet de quatre plumes droites, qui forment sa coiffure. Une seconde forme du même personnage est nommée *Moui* (on n'est pas bien sûr de cette lecture). Le dieu est figuré ou debout ou un genou en terre; ses bras sont élevés en l'air et les tableaux célestes montrent la signification de ce geste. Ses deux bras soutenaient la voûte céleste et semblaient diriger son mouvement. Le nom de *Anhour* signifie *amener le ciel*, celui de *Moui* s'interprète par lumière. Il est donc bien probable que c'est en effet la force céleste qui est caractérisée dans *Anhour-Moui*. Le dieu porte sur la tête un disque solaire ou une plume d'autruche, hiéroglyphe de son nom. Moui porte habituellement le nom de fils du Soleil. On lui attribuait également un règne en Égypte, et l'on vantait la sagesse de ses lois.

Le même dieu, associé à la déesse Tawné, prend la forme d'un lion; on les désigne alors sous le nom du couple de lions.

MA.

Plusieurs déesses portent le titre de fille du Soleil. La déesse *Ma*, dont le nom signifie *justice* et *vérité*, était du nombre; elle avait des fonctions funéraires importantes, que nous avons rappelées à propos du jugement de l'âme. Sa coiffure caractéristique est une plume d'autruche, hiéroglyphe du mot *Ma*. Elle est souvent accroupie, les bras enveloppés; une belle statue de granit, au musée de Marseille, la représente debout, tenant le sceptre des dieux. Un cartonnage doré, dans le fond de notre armoire, la montre étendant ses ailes, en signe de protection.

SELK.

Cette déesse, également fille du Soleil, paraît ordinairement parmi les protectrices des entrailles. Son emblème est un scorpion qu'elle porte en coiffure; elle est souvent identifiée avec Isis, à laquelle on donne alors le scorpion pour diadème. Selk avait aussi un rôle astronomique qui n'est pas expliqué jusqu'ici. Ses figurines sont ordinairement en lapis-lazuli.

PACHT.

Cette déesse, dans son premier type, porte une tête de lionne. Le Louvre possède de belles statues de cette espèce dans la salle des grands monuments. Beaucoup de figurines de Pacht sont d'une forme extrêmement élancée; on faisait allusion, par cette taille si svelte, au flanc de la lionne, symbole de la déesse. Les Égyptiens estimaient extrêmement les tailles fines aux hanches doucement arrondies. Le rituel funéraire assimile les membres de l'homme, transfiguré après la mort, aux parties du corps des diverses divinités. Les flancs sont assimilés à ceux de Pacht. Pacht portait le titre principal de la *grande chérie de Ptah*. On lui attribuait la création de la race asiatique, celle qui venait immédiatement après la race d'Égypte, dans l'ordre du tableau des familles humaines, tel qu'on l'a retracé à Thèbes, sur les tombeaux des rois. La création des Égyptiens était attribuée directement au dieu Ra. Pacht avait un autre rôle comme déesse vengeresse des crimes : elle exterminait et torturait les coupables. La partie inférieure d'une figure en faïence bleue montre les jambes de Pacht, assise sur un trône, sous lequel sont écrasés deux impies. Pacht, dans ses deux rôles, semble caractériser la radiation solaire, dans sa double action vivifiante ou destructive. L'action mortelle du soleil ardent des régions tropicales donne souvent lieu, dans les inscriptions, à des comparaisons très-énergiques. Pacht avait plusieurs noms ou plusieurs variétés. Un de ces types la présente avec la tête d'une chatte; elle tient dans sa main gauche le sistre, un de ses emblèmes. Une sorte d'égide, qu'elle porte sur le bras gauche, se compose d'une tête de la même déesse, couronnée de divers attributs, avec une sorte de manche orné d'une frange. La main droite tient un seau d'eau lustrale. L'attribution de la chatte à cette divinité nous a valu une quantité de belles chattes en bronze et en faïence bleue.

Les Égyptiens ont su imiter avec un talent infini l'attitude gracieuse des chattes d'Orient, habituellement plus sveltes que les nôtres. Deux beaux bronzes de ce genre sont posés sur la cheminée; les oreilles percées indiquent qu'on a souvent orné ces figures de bijoux. Il en était sans doute ainsi des chattes sacrées ; on remarque également sur ces bronzes des colliers gravés et damasquinés en or. La forme des socles de ces chattes reproduit l'hiéroglyphe du nom de la déesse.

Une belle statuette de Pacht, en granit gris, occupe la colonne tronquée, au milieu de la salle.

NOWRE-ATOUM.

Ce dieu est caractérisé par une coiffure composée de deux longues plumes qui sortent d'une fleur de lotus. Souvent il est debout, chaque pied posant sur un lion. Nowre-Atoum est qualifié fils de Pacht, et plusieurs groupes le représentent à côté de sa mère : une belle égide réunit aussi leurs deux têtes. Ce dieu faisait partie du tribunal infernal, c'était l'un des quarante-deux assesseurs d'Osiris.

HOBS.

Les fonctions de ce dieu ne sont pas connues, il est caractérisé par une tête de lion. Un superbe bronze placé sur la cheminée de cette salle est probablement une figure de Hobs, qui cependant est ordinairement coiffé avec une mitre ornée de deux plumes d'autruche.

HATHOR.

Cette déesse figure sur les plus anciens monuments de l'Égypte; c'était la divinité locale des établissements égyptiens de la presqu'île du Sinaï, et particulièrement des mines de cuivre exploitées dès la quatrième dynastie. Hathor était fille du Soleil; les Grecs l'ont assimilée à Vénus, et en effet elle était considérée comme le type de la beauté, surtout sous le rapport des yeux. Elle porte ordinairement sur sa tête l'hiéroglyphe de son nom : *un dieu Horus dans un naos :* En effet, le nom d'Hathor signifiait *l'habitation d'Horus.* Une autre coiffure d'Hathor consiste dans un disque solaire, orné de deux cornes et surmonté souvent de deux longues plumes. Hathor, considérée comme déesse mère, est souvent identifiée avec Isis. La vache était son emblème ordinaire; alors souvent elle était couronnée des attributs d'Hathor. Le sistre était particulièrement attribué à cette déesse, sa tête ornée des oreilles de vache est une partie presque essentielle de la base du sistre au son duquel les prêtres égyptiens attribuaient des propriétés mystérieuses.

Les temples d'Hathor se distinguaient par les chapiteaux de leurs colonnes qui étaient formés de têtes de cette déesse ornées d'oreilles de vache et surmontées d'un naos.

Le rôle funéraire d'Hathor était très-important; sous la forme d'une vache de couleur tachetée, elle recevait le défunt arrivant à l'occident, c'est-à-dire au tombeau. Dans ce type, elle prend souvent le nom de *nouv*, qui signifie, au sens propre, l'or, et au sens figuré, le lieu où reposait la momie. Elle semble alors s'identifier avec le ciel nocturne. Un des derniers chapitres du rituel funéraire montre la vache d'Hathor jouant le rôle de la mère céleste, dans le sein de laquelle l'âme du défunt prendra naissance pour la vie éternelle.

Les tablettes supérieures et inférieures de cette armoire contiennent des stèles relatives au culte de ces diverses divinités, ainsi que les figures des divers animaux qui leur étaient consacrés.

ARMOIRE C.

Cette division est consacrée au mythe d'Osiris qui constitue un chapitre assez tranché dans la religion égyptienne. Osiris était le dieu local d'Abydos, et il est à peine mentionné dans les plus anciens tombeaux de Memphis. L'époque la plus florissante de la ville d'Abydos paraît avoir été la XIIe dynastie, c'est peut-être à cette époque que le culte d'Orisis s'est étendu sur toute l'Égypte. Raconter en détail la légende d'Osiris dépasserait de beaucoup les bornes de cette notice ; en voici la substance : La déesse que Champollion nomme *Netpé*, et qui représente la voûte céleste, épouse du dieu *Sev*, assimilé par les Grecs à Saturne, était accouchée de cinq enfants, dans les cinq jours complémentaires de l'année. Le règne d'Osiris, le premier de ces cinq dieux, avait été l'âge d'or de l'Égypte. Le cartouche d'Osiris, considéré comme roi d'Égypte, lui donne souvent le nom d'*Ounnowre*, qui signifie l'*être bon* par excellence. Son frère *Set*, le Typhon des Grecs, l'ayant détrôné, le tua et dispersa les fragments de son corps; mais Isis, sa sœur et son épouse, ayant réuni ces parties, après de longues recherches, ressuscita Osiris par ses enchantements. Elle avait été principalement assistée dans ses soins pieux par Nephthys, sa sœur, par Horus, fils d'Osiris et d'Isis, et par Thoth et Anubis, qu'on donne comme ministres de ce dieu. Horus triompha à son tour de Set et recouvra glorieusement le royaume de son frère, après divers incidents de cette guerre des dieux, qui est souvent rappelée dans le texte du rituel funéraire. Les prêtres égyptiens avaient lié avec cette fable une quantité d'allégories, mais l'on ignore si elle repose sur quelque tradition héroïque et si quelque fait antique en aurait fourni le noyau.

NETPÉ.

La déesse mère à laquelle nous conservons le nom douteux

de *Netpé* ne paraît pas différer de l'espace céleste; c'est son corps allongé en voûte qui figure la sphère liquide sur laquelle naviguent les constellations, dans les tableaux astronomiques; nous avons vu qu'elle s'étend dans les sarcophages au-dessus de la momie. Nous ne pouvons l'étudier ici que dans quelques cartonnages; ses figures sont extrêmement rares. Elle porte sur la tête le vase, symbole de son nom; elle étend ses ailes, en signe de protection. On la voit également sur les coffrets et sur les vases à libation, distribuant l'eau céleste, du haut de son sycomore.

SEV.

Le dieu *Sev*, son époux, manque à notre collection; ses figures sont encore plus rares. On le voit souvent peint dans les temples et sur les boîtes de momie. Dans les scènes funéraires, il est figuré couché; le corps de son épouse étendu forme la voûte au-dessus de lui. Sev était censé avoir régné en Égypte avant Osiris. Son nom paraît signifier *le temps;* ses symboles sont une étoile et une oie, dont les noms se prononçaient également *Sev*. On peut le voir figuré debout, avec l'oie sur la tête, à l'intérieur du deuxième cercueil de Soutimès, parmi les divinités qui décorent le flanc droit de la partie inférieure.

OSIRIS.

Les figures d'Osiris sont extrêmement nombreuses et de toutes matières. Son diadème ordinaire, comme juge infernal, se nommait *atew :* il est composé d'une mitre conique, ornée de deux plumes d'autruche et de longues cornes, auxquelles s'ajoutent encore souvent des urœus ou d'autres attributs. Son corps est enveloppé comme celui de la momie; il tient en main le crochet et le fouet, symboles du gouvernement.

Quelques figures de bronze se rapportent à un autre type d'Osiris représenté debout, court vêtu et marchant. Sa couronne est alors le *pschent*, emblème de la royauté sur les deux parties de l'Égypte, et sa coiffure courte et composée de petites boucles séparées reproduit la mode usitée sous les premières dynasties memphites. Il se nomme alors *Nowre-Hotep*, ce qu'on pourrait interpréter *bon pacifique*.

Une troisième forme d'Osiris est celle qui l'identifie avec le dieu *Ptah*, sous le nom de *Ptah-Sakar-Osiris*. Nous avons montré cette forme, à l'article du dieu *Ptah*. Osiris y prend une tête d'épervier coiffée du disque solaire et semble identifié avec le soleil infernal. Il est souvent représenté alors par l'épervier couché sur un tombeau. Un cartonnage nous montre ici cet épervier voguant dans une barque céleste.

Le dieu Apis était, après sa mort, identifié avec Osiris; aussi le représentait-on sous les pieds de quelques momies, emportant au grand galop la momie d'Osiris vers la montagne d'occident. Le culte de *Sérapis*, tel qu'il se répandit dans l'empire romain, est un mélange qui n'appartient pas réellement à la religion égyptienne.

ISIS.

Isis, sœur et épouse d'Osiris, se présente dans diverses attitudes, suivant la circonstance qu'on voulait rappeler. Sa coiffure la plus ordinaire, dans les figurines, est le trône, qui n'est autre chose que l'hiéroglyphe du nom de la déesse. Sa coiffure symbolique est un disque avec deux cornes de vache; elle se trouve dans ce type presque complétement confondue avec Hathor, et de très-anciens monuments lui donnent déjà la vache pour symbole. Isis, lorsqu'elle est seule, est figurée, ou debout, les bras pendants, ou étendant des ailes, pour couvrir la momie d'Osiris, pendant l'opération mystique qui doit lui redonner la vie; ou bien encore portant les mains à son front : c'est alors l'attitude du deuil, pendant lequel elle avait prononcé les formules qui avaient eu le pouvoir d'évoquer l'âme d'Osiris.

L'âme d'Isis était placée dans l'étoile de Sirius, qui, sous le nom de *Sothis*, jouait un très-grand rôle dans le calendrier et l'astronomie mythiques des Égyptiens.

Isis, dans son rôle de mère, tenait sur ses genoux le petit Horus, auquel elle présentait le sein. Plusieurs figures de la collection du Louvre, représentant cette scène, sont d'une admirable exécution. On en trouve en terre émaillée, en bronze, en or et en pierres dures de toutes sortes.

NEPHTHYS.

Nephthys était la sœur d'Isis; elle l'avait aidé dans ses travaux pour retrouver et ressusciter Osiris; elle avait également partagé ses soins pour l'éducation d'Horus. Elle est ordinairement représentée debout : sa coiffure est une corbeille sur une maison, hiéroglyphe de son nom égyptien, *Nevti*. Souvent aussi elle porte les mains à son front; ce geste indique qu'elle prend part aux lamentations d'Isis.

ANUBIS.

Ce dieu est toujours caractérisé par une tête de chacal; il avait présidé avec Horus aux détails de l'embaumement d'Osiris; il était chargé de veiller spécialement sur la momie, qu'on représente souvent entre ses bras; son nom égyptien était *Anepou*. Le chacal, qui se plaît dans les tombeaux, était son emblème naturel; on lui donnait quelquefois la couleur noire, pour mieux indiquer son rôle funéraire. C'est ce dieu que représentent les chacals, couchés comme des gardiens fidèles sur les coffrets funéraires.

LES QUATRE GÉNIES FUNÉRAIRES.

Leurs noms Égyptiens étaient *Amset, Hapi, Tiou-Mautew Kevah-Senouw*. Ils étaient fils d'Osiris et chargés de veiller à la conservation des principaux viscères de l'homme. Leurs têtes symboliques sont ajustées soit à des corps humains, soit à des momies, soit enfin à des vases funéraires de diverses matières [1].

THOTH.

C'était le fidèle conseiller d'Osiris; il avait aidé Horus dans les soins pieux qu'il avait rendus à son père, et l'avait assisté dans ses combats contre Set. On lui attribuait spécialement l'honneur d'avoir justifié la mémoire d'Osiris contre ses enne-

[1] Voyez l'article des canopes à la salle funéraire.

mis : son rôle funéraire repose sur cette légende. Thoth rendait compte à Osiris du pèsement de l'âme ; il assistait le défunt dans cette opération et lui ouvrait les portes célestes. Thoth était l'inventeur de l'écriture et de toutes les sciences, on rapportait à ce dieu la rédaction des livres sacrés, et il était nommé l'*écrivain des dieux* et le *seigneur de la parole divine.* Des dessins sur papyrus le font voir ici dans son rôle funéraire ; mais il avait un autre caractère qui ne semble se rattacher à ceux-ci par aucun lieu apparent. Thoth est identifié avec le dieu Lune. La tête d'Ibis qui le caractérise ordinairement est surmontée du disque et des deux cornes en croissant. Quelquefois une tête humaine porte pour coiffure la tête d'Ibis, avec le diadème *atew.* Thoth-Lune a quelquefois le corps entièrement nu et modelé comme celui d'un enfant ; c'est la lune à son premier quartier ; plus souvent, il est adulte et vêtu de la *schenti ;* il porte alors quelquefois dans ses mains l'œil d'Horus, symbole de la pleine lune. Dans son caractère de dieu Lune, Thoth est souvent identifié avec le dieu Chons de Thèbes.

Outre l'ibis, Thoth avait pour emblème le singe cynocéphale, qui le remplace fréquemment. Ces singes et les chacals d'Anubis sont rassemblés sur la tablette inférieure de cette armoire. Dans le bas, plusieurs coffrets montrent Osiris dans son rôle de juge et d'autres scènes de l'Amenti, où figurent Thoth et Anubis.

ARMOIRE D.

HORUS.

La légende d'Osiris représente ce dieu comme fils d'Isis et d'Osiris. Il avait vaincu Set et vengé la mémoire de son père ; cette légende domine le rôle funéraire d'Horus : il assistait l'homme juste au pèsement de l'âme, et jouait le premier rôle dans la punition des coupables, aux enfers. Mais le culte d'Horus, en s'étendant dans les diverses localités, avait subi des variations presque innombrables. Horus, enfant, est représenté le corps nu et les jambes encore légèrement courbées ; il reçoit pour coiffure la tresse pendante, symbole de l'enfance.

Il porte le doigt à sa bouche comme les petits enfants. Souvent il est entre Isis et Nephthys qui lui avait servi de seconde mère. Il prenait diverses coiffures lorsqu'on l'identifiait avec le *dieu fils* des triades locales; c'est ainsi qu'il figure *Hor-Amon* avec les deux longues plumes qui sont propres au premier dieu de Thèbes.

Horus, fils d'Isis, paraît quelquefois confondu avec Haroëris ou Horus l'aîné. Celui-ci, qui semble avoir été frère d'Osiris, porte une tête d'épervier coiffée du pscheut; il est presque complétement identifié avec le soleil dans la plupart des lieux où il était adoré, et il en est de même très-souvent pour Horus, fils d'Isis.

Horus, comme dieu soleil, avait un trône soutenu par des lions dont notre musée offre un bel échantillon en bronze. Horus enfant devenait alors le soleil levant; on le plaçait sur un lotus dont le bouton s'élance du fond des eaux, lorsqu'il va s'épanouir, comme le soleil levant, du sein de l'éther céleste que l'on croyait liquide. Le soleil, dans sa force, dissipant les ténèbres et desséchant les terrains impurs, était personnifié dans Horus vainqueur. On le représentait armé d'un dard, et perçant le serpent géant *Apophis*, symbole de Set et, en général, des puissances malfaisantes.

Horus enfant, en égyptien *Harpochrate*, portait le doigt à la bouche; c'était un symbole de l'enfance qu'on a pris mal à propos pour le signe du silence. Ce type a dégénéré dans les imitations grecques et romaines, et s'est divisé en variétés innombrables. Quelques terres cuites placées sur la seconde tablette montrent ce dieu avec divers attributs nouveaux qui ne se rencontrent pas dans les monuments de style égyptien.

Dans le haut de cette armoire, on a placé deux grandes figures d'Isis et de Nephthys dans leur rôle de pleureuses. Le bas rassemble les éperviers, symbole d'Horus, ainsi que les urœus ou vipères représentant des déesses. On trouve particulièrement sous la forme de l'urœus : 1° la déesse des moissons nommée *Rannou* ; 2° les deux déesses qui présidaient aux deux divisions du ciel. Une petite stèle en pierre calcaire est consacrée au culte de ces déesses. *Souvan*, déesse du ciel supérieur, était spécialement protectrice de la maternité.

ARMOIRE E.

BES.

Aucune divinité égyptienne n'est aussi peu connue jusqu'ici que le dieu monstrueux dont les formes diverses sont rassemblées dans cette armoire. Son corps est ordinairement modelé comme celui d'un homme très-petit, très-trapu et dont les muscles sont extrêmement développés. Ses yeux semblent être empruntés au taureau, ses oreilles dérivent du même type, ses cheveux tombent en boucles sur son cou comme la crinière d'un lion. Il porte, comme Hercule, une peau de lion sur le dos. Une terre cuite de basse époque le représente dans les bras d'une mère dont les traits indiquent la même race. On peut rapporter ses variétés à deux caractères principaux. Dans l'un il paraît comme un dieu guerrier, il est armé d'un bouclier, et brandit son épée, ou tire de l'arc. Sa langue, qui pend hors de sa bouche, semble encore lui donner un caractère de bestialité plus féroce. Sa coiffure ordinaire se compose d'un bouquet de plumes d'autruche. Un petit bronze de la collection nous le montre cependant sous la forme d'un guerrier de proportions ordinaires, mais coiffé de la mitre pointue de la haute Égypte. Le nom de *Bes* lui est appliqué sur des bas-reliefs de basse époque. Ses représentations sont rares sur les monuments anciens.

Le second caractère du dieu le montre comme se plaisant à la danse et au jeu des instruments. Souvent il joue de la harpe ou frappe des cymbales. On ne connaît pas bien les fonctions que lui attribuaient les Égyptiens. Dans son premier caractère, on le trouve figuré dans le Rituel funéraire, au chapitre 145, comme gardien du vingtième pylône; il est aussi représenté comme égorgeant des captifs. C'est sans doute au contraire à son second caractère qu'il faut rapporter l'usage où l'on était de placer sa figure sur les chevets et surtout sur les objets destinés à la toilette des femmes. Il est aussi représenté en adoration devant le soleil levant. Son aspect général lui donne une analogie frappante avec les personnages qui accompagnent les taureaux à tête humaine, dans les monuments assyriens, tandis que son caractère belliqueux et son goût pour la musique rappellent les centaures de la Grèce.

Le dieu Bes reçoit aussi plusieurs autres noms, et il est employé dans beaucoup de groupes où ses attributs sont mêlés avec ceux d'autres divinités. Revêtu des attributs d'Ammon, il compose une divinité panthéistique : quelquefois il a seulement une double tête, et c'est ainsi qu'on le trouve figuré dans les dernières vignettes de quelques rituels funéraires. Souvent sa coiffure est ornée d'un naos où l'on voit le taureau Apis. Enfin sa tête est un élément essentiel du groupe qui nous reste à décrire.

HORUS SUR LES CROCODILES.

La scène qui réunit le dieu Bes à Horus se compose ordinairement d'une stèle en pierre à laquelle est adossé le jeune Horus. Ce dieu, dont le corps est nu et qui porte la tresse courbée, coiffure de l'enfance, est debout sur deux crocodiles qui retournent la tête. Ses mains tiennent un scorpion, un lion, deux serpents et une gazelle. A droite et à gauche sont deux étendards, dédiés à deux formes de soleil. Quelquefois d'autres dieux accompagnent la scène principale, sur laquelle plane toujours la tête du monstre Bes. Ces monuments sont tous de basse époque, et leurs inscriptions, ordinairement mal gravées, sont très-difficiles à lire. La principale formule d'invocation, celle qui me paraît caractériser le dieu dans cette forme, le nomme le *vieillard qui redevient jeune*. En suivant cette indication, on peut penser que cet ensemble de symboles représente l'éternelle jeunesse de la divinité, victorieuse du temps et de la mort; idée que le soleil levant personnifiait d'une autre manière. Le crocodile ne peut pas retourner sa tête: c'était chez les Égyptiens le symbole de la chose impossible. Le dieu rajeuni foule aux pieds cet emblème, il a triomphé de la mort, il a fait retourner la tête aux crocodiles qui étaient aussi la figure des ténèbres. On peut penser que la tête du monstre Bes représente ici la force destructive, et complète l'idée du cercle perpétuel qu'établit dans l'univers la succession de la vie et de la mort. Ces emblèmes ainsi rassemblés ne se trouvent pas sur les anciens monuments.

Le bas de cette armoire renferme une curieuse collection d'enseignes, ou bouts de bâtons de prêtres, destinés à figurer dans les processions. On y distingue particulièrement le soleil sous la forme du griffon ; la chatte, dans une barque sacrée ; l'ichneumon debout, c'est un symbole solaire, comme le montre le disque qui orne sa tête ; Horus, enfant, sur un lotus qui s'épanouit, symbole du soleil levant ; le cynocéphale de Thoth-Lunus et le scorpion de la déesse Selk.

VITRINES F, G.

Divers attributs des dieux en bronze, portions de coiffures symboliques, cornes et plumes, fouets sacrés. sistres. Sur une portion d'égide, on voit Isis allaitant Horus, et plus bas le même Horus qui sort d'une touffe de lotus.

ARMOIRE H.

Boîtes de momie, grande statue d'Osiris en bois ; les ornements de la coiffure sont en bronze. Dans le bas, éperviers à tête humaine, symboles de l'âme ; figure d'Osiris, ayant servi de boîtes funéraires.

VITRINES I, J.

Divers attributs sacrés en terre émaillée ; portions de sistres ; petits modèles de pics et pioches, de pectoraux, de contre-poids de collier ; grands yeux d'Horus sur une feuille de métal ; yeux d'hommes et de taureaux, en émail, avec des portions en bronze.

ARMOIRE K.

Le Panthéon égyptien est ici rassemblé ; les figures d'un petit modèle et quelques-unes dont la beauté méritait d'être remarquée composent cette petite collection. On voit, dans le fond, plusieurs formes d'Ammon-Panthée : dans l'une, le corps est formé par le scarabée, symbole de la génération divine. Les figures d'Isis mère et du dieu Imouthès peuvent passer pour les chefs-d'œuvre des figurines en terre émaillée. On peut en dire autant du petit Ptah sur les crocodiles, groupe analogue à celui d'Horus sur les crocodiles [1], mais dans lequel le jeune dieu est remplacé par *Ptah embryon*.

Parmi les divinités dont les figures sont les plus difficiles à rencontrer, on peut citer, 1° le dieu *Set*, l'adversaire d'Osiris, gravé sur le revers d'un scarabée; sa tête symbolique est celle d'une espèce de loup, caractérisé par deux larges oreilles droites; 2° la déesse *Sati*, épouse de Chnouphis; la coiffure qui lui est propre se compose d'une mitre pointue ornée de deux longues cornes de vache; 3° le dieu Nil, dessiné sur un papyrus; il est couronné de lotus et tient des vases à libations. C'est le Nil céleste qui régnait dans les régions cultivées par les mânes.

Sur la seconde tablette sont quelques figures dont le sens est tout à fait inconnu jusqu'ici. On y remarquera une déesse à tête d'autruche, figure très-fine en faïence bleuâtre, et un dieu à tête de chacal, avec des jambes et des bras humains sortant d'un corps d'oiseau, qui tire de l'arc. Ces types paraissent d'une basse époque, ainsi que la forme d'Osiris, qui consiste en un corps ovoïde surmonté d'une tête barbue, coiffée du diadème *atew*.

Dans le bas de l'armoire, sur la tablette, on a disposé d'autres emblèmes et des scènes religieuses; un génie à tête d'épervier, le bras droit levé, le bras gauche sur la poitrine, représente les esprits de la terre en adoration devant le soleil. La même attitude est répétée par un roi dont le nom n'est pas écrit. Ces deux bronzes sont d'une finesse remarquable. Un crocodile à tête d'épervier est l'emblème du dieu *Sévek-Ra*, dieu solaire, principalement adoré à Ombos. Il est peint sur les monuments comme un homme à tête de crocodile; ou bien, comme ici, désigné par le crocodile lui-même, couché sur un pylône : la tête d'épervier complète ici son identification avec le soleil.

La stèle de pierre calcaire, placée dans le bas de cette armoire, est un monument très-curieux, qui constate l'importation en Égypte de plusieurs divinités adorées en Asie, vers le temps de la XIXe dynastie. La déesse principale est une Vénus asiatique. Contre l'habitude égyptienne, elle est figurée

[1] Voyez page 118.

entièrement nue, le pubis peint en noir; elle porte, comme ornement, un collier, des bracelets et une ceinture sur les hanches. Sa coiffure et son diadème sont les mêmes que ceux de la déesse Hathor. Elle est vue de face et posée debout, sur un lion passant. Elle tient en main des lotus et des serpents. Son nom ordinaire est *Atesch;* c'est celui d'une place forte d'Asie qui joue un grand rôle dans les campagnes des rois d'Égypte. Sous un second nom, *Anta,* également asiatique, elle prend le caractère d'une déesse guerrière, armée de la lance et du bouclier. On lui a donné pour compagnons : 1° un personnage également étranger à l'Égypte, nommé *Renpou,* qui a tous les attributs d'un dieu belliqueux; 2° la forme ithyphallique d'Ammon. Ces deux parèdres répondent parfaitement au double caractère de Vénus et de Bellone, avec lesquelles nous apparaît cette divinité. Importée à Thèbes à la suite des grandes expéditions de la XIXe dynastie, Atesch eut, dans cette ville, son temple et son collége sacerdotal. Les dédicateurs de notre stèle en faisaient partie.

VITRINE L.

Les symboles religieux sont disposés dans ces vitrines; en général ils ont servi d'amulettes; on en a composé des colliers entiers ou d'autres décorations. La vitrine L contient les diverses variantes du *Tat.* Cet objet, qu'on a longtemps appelé un *nilomètre,* est un autel à quatre degrés : dans les hiéroglyphes, il désigne la stabilité parfaite. Lorsqu'il est surmonté d'un diadème, il devient l'emblème d'Osiris infernal.

D'autres emblèmes reproduisent les nœuds sacrés, parmi lesquels le plus connu, qu'on appelle la croix ansée, est le symbole de la vie.

VITRINE M.

Symboles et attributs de toutes sortes en bois doré, ou bien repoussés ou gravés sur des feuilles d'or.

VITRINE N.

Symboles et attributs en pierre dure ou en terre émaillée et pâtes de verre. Destinés à faire des amulettes, ces symboles ont ordinairement des sens favorables; ainsi, par exemple, les colonnes vertes, au chapiteau composé d'une fleur de lotus, étaient le symbole d'une vie heureuse et abondante; l'angle droit signifiait l'adoration et le mystère, etc. Deux pièces extrêmement rares, en faïence bleue, font voir en détail la tête de l'animal qui surmontait les sceptres divins; ses longues oreilles lui donnent une grande analogie avec un lévrier.

VITRINE O.

Les yeux d'Horus étaient multipliés à l'infini et en toutes sortes de matières ; on y attachait un symbolisme très-étendu. L'œil droit se rapportait au soleil, et l'œil gauche à la lune. On les prenait aussi quelquefois pour les deux divisions du ciel : ils remplaçaient alors les ailes du disque ailé.

VITRINE P.

Collection des amulettes en forme d'animaux sacrés. Les lions et les taureaux ont souvent dans leur petitesse une grandeur de style qui étonne. Les grenouilles appartenaient à une déesse nommée Haké. Le hérisson, en terre émaillée bleue, est dédiée à la déesse Pacht. On peut encore citer, pour la beauté du travail et la finesse de leur matière, la tête de bélier couronnée d'un urœus et la tête de bouquetin : celui-ci a perdu ses cornes, mais la pâte bleu clair dont il est composé mérite l'attention; elle se retrouve avec la même nuance dans les monuments d'Assyrie.

VITRINE Q.

La série des scarabées commence à cette vitrine. Les Égyptiens racontaient que tous les scarabées étaient mâles, ils en avaient fait le symbole de la génération paternelle et, dans un sens mystique, de la génération divine. Ils l'appliquaient également à la procréation de la matière et du monde, et à l'incubation mystérieuse qui présidait, après la mort, à la rénovation du germe humain pour une vie éternelle. Dans les derniers temps seulement le scarabée fut le symbole du monde. Aucun symbole n'eut un rôle plus étendu et ne fut d'un usage plus général; la première série contient des scarabées de toute matière, dont le revers est sans gravure. Les gros scarabées funéraires ont trouvé leur place dans une autre salle. Plusieurs variétés appellent ici l'attention : ainsi on voit quelques scarabées auxquels on a donné la tête d'un bélier, autre symbole du pouvoir générateur de l'élément mâle. Une autre amulette très-fine, en pierre dure émaillée, représente un homme accroupi dans l'attitude de l'embryon ; l'ensemble imite un scarabée : c'est une nouvelle variante du même symbole. Cette vitrine et les deux suivantes R, S, contiennent les scarabées dont le revers porte une légende gravée. Ils sont rangés en diverses séries d'après les sujets qu'on y a gravés; mais l'explication, même très-sommaire, de ces symboles et de ces légendes dépasserait de beaucoup les bornes d'une simple notice, et ne pourrait être comprise qu'après une étude approfondie de tous les détails des croyances égyptiennes.

Nota. Un nombre très-considérable d'objets nouveaux a été joint à l'ancienne collection, surtout depuis l'acquisition du cabinet de Clot-Bey et les fouilles du Sérapéum; il est devenu nécessaire de procéder à un numérotage nouveau de toute la collection pour les salles du premier étage. J'ai cherché à suppléer provisoirement à l'absence des numéros en indiquant la place où se trouve chaque objet décrit dans cette notice.

FIN.

TABLE DES MATIÈRES

PARIS — TYP. SIMON RAÇON ET COMP., RUE D'ERFURTH, 1

www.ingramcontent.com/pod-product-compliance
Ingram Content Group UK Ltd.
Pitfield, Milton Keynes, MK11 3LW, UK
UKHW020307130726
13696UKWH00003B/917